向こう岸の市場(アゴラ)

文 松井彰彦　絵 完山清美

keiso shobo

女神アステリアは全能の神ゼウスから逃れるためにその身をうずらに変えた。うずらはいつしか浮島となった。アステリアの姉の女神レトはゼウスの寵愛を受け身ごもった。やがて生まれる子が自分の子よりも輝かしい神になるとのお告げを聞いたゼウスの妃ヘラは、この世のすべての大地と島々に、レトにお産の場所を与えることを禁じた。ヘラの祟りを恐れたこの世のすべての大地と島々はレトを拒否した。産気づいたレトを迎え入れたのは、デロスと名を変えてエーゲ海をさまよっていたかつてのアステリアだった。ポセイドンがこれを憐み、浮島を海底に固定してやった。レトは7日7晩におよぶ陣痛の後、月の女神アルテミスを産んだ。アルテミスは生まれるとすぐにレトのお産の手伝いをし、つぎの神が生まれた。辺りは急に明るくなった。太陽の神アポロンだった。島々はデロスを取り囲み、祝福した。

向こう岸の市場〔アゴラ〕目次

第1章　神々の島　Δῆλος　*13*

第2章　神託　Δελφοι　*65*

第3章　宴　Συμπόσιο　*95*

第4章　国家<ruby>ポリス</ruby>　Πόλις　*151*

第5章　向こう岸　Θούριοι　*193*

あとがき　Υστερογραφο　*233*

主要登場人物

ナギ……………………………………デロス神殿の神官見習い
ナミ……………………………………デロス神殿の巫女見習い
ヘロドトス………………………………探求(ヒストリアイ)の著者
プロタゴラス……………………………………哲学者
ニーモニデス……………………………デロス神殿の神官
キケロス…………………………………デロス神殿の神官
ソクラテス………………………………………哲学者
ペリクレス………………………………アテネの政治家
アスパシア………………………………ペリクレスの妻

オリュンポス12神

ゼウス……………………クロノスの子、主神、天空の神
ポセイドン………………………ゼウスの弟、海の神
ハデス……………………………ゼウスの弟、冥府の神
ヘラ………………………ゼウスの正妻、婚姻の女神
アレス……………………ゼウスとヘラの子、戦争の神

ヘファイストス……………………… ゼウスとヘラの子、鍛冶の神
アフロディテ………………… ヘファイストスの妻、愛と美の女神
アポロン……………………………… ゼウスとレトの子、太陽の神
アルテミス…………………………… ゼウスとレトの子、月の女神
アテナ……………… ゼウスの子、知恵の女神、アテネの守護神
ヘルメス………………… ゼウスとマイアの子、伝令と商業の神
デュオニュソス（バッコス）……ゼウスとセメレの子、酒の神

主要地名・国名

デロス………………………………………………………… 海の聖地
デルフィ……………………………………………………… 陸の聖地
アテネ……………………………………………… ギリシャ最強の海軍国
スパルタ…………………………………………… ギリシャ最強の陸軍国
サモス……………………………………… エーゲ海東部の島、強国
ペルシャ………………………………………………… 東方の巨大帝国
トゥリオイ………………………………………… 南イタリアの植民都市

向こう岸の市場〔アゴラ〕

カバーデザイン　山田絵理花

葡萄酒、それはアフロディテの乳
　　　——ベン・ジョンソン［17世紀の詩人］

第 **1** 章

神々の島
Δῆλος

第 1 章　神々の島

「今日は大漁ね」とナミが言います。
「今日は大漁だね」とナギが言います。
「これで神殿も建てなおせるわね」
「ぼくも葡萄酒を買っちゃおうっと。それもきみたちのおかげさ」
と、漁の手伝いをしてくれたイルカにお礼を言います。イルカたちがうれしそうに体をむちのようにぴしゃぴしゃさせます。ここは神々が生まれた島デロス。エーゲ海色としか表現しようのない青い海とポセイドンの申し子たちのイルカに守られて、白い神殿がこれも海に負けず劣らず真っ青な空にすっくと建っています。ナミとナギはこの神殿を守る神官につかえる侍従たちです。

　いつもよりたくさんの魚をアゴラに持っていき、仲買人にひきわたすと、ふたりは野原に遊びに出かけます。
「キントス山に行こうよ」
「ええ」
　カモミーユのあまずっぱい香りが一面にただよう参道を、ふたりはぐんぐん上っていきます。息をきらせながら、異国の神々を祀ってあるところにたどり着きます。外国の人でしょうか、エジプトの女神イシス神殿の前で手を合わせている人もいます。ふたりもぺこりと頭を下げて、さらに山を登っていきます。
　小一時間ほどで、ようやく山頂の神域に着きました。ナミは息をととのえてから鶴の舞を舞いはじめます。ナギもそれにつられていっしょに舞います。エーゲ

海にぽっかり浮かぶキクラデスの島々がつぎつぎに目にうつります。足もとには、アポロンの神殿をはじめとするデロスの町なみが広がっています。
　ナギが、舞いながら水平線を指さします。
「ほら、あっちにずっと行くと、アテネやデルフィだよ」
　ナミは、お父さんは神官としてデルフィに行ったのよ、と亡くなったお母さんが言っていたことを思いだします。
「行ってみたいなあ」
「ナミならきっと行けるさ」
　巫女学校を優秀な成績で卒業すれば、デルフィかアテネに留学させてもらえます。
「いっしょに行けるかしら？」
「うん。船倉にでももぐりこんで、ついて行っちゃうよ」
　ナギはデロス市民の子ではないので、学校に行っていません。ナミたちが学校に行っている間、お魚をとったり、畑の手伝いをしたりしているのです。ナミは学校に行くのが仕事のようなものなので、神殿の仕事を手伝う必要もあまりありません。けれども、学校のない日や放課後に、こうしてナギの手伝いをしています。

　ふたりがアゴラにもどると、仲買人が今日の売上げだよ、と言ってお金をわたしてくれます。

「今日はたくさん売れたね」
「今日はたくさん売れたわ」
　ナギとナミがほくほく顔でお金を手分けして数えます。
「あれ、ナミのほうが多かったかな」
「いいえ、ナギのほうが多いはずよ。だって、わたしのほうはいつもより少ないもの」
「でも、ぼくのほうもいつもより少ないよ」
「それはヘンよ。だっていつもよりたくさんお魚を持っていったじゃない」
「アゴラの人が金額を間違えたのかな」
「行ってみましょう」
　仲買人はもう帰りじたくをすませてアゴラを後にしようとしていました。がっしりした体つきの仲買人は、ふたりの話を聞くと大笑いします。
「そりゃあ、きみたち、大漁になれば値は下がる。値が下がれば、売上げも減る。豊作貧乏って言うだろ。今日は他の漁師たちはかんかんだよ。そんなことも考えずにがさごそ魚をとったバカがいるってね。ほとぼりがさめるまで、どこかにかくれていたほうがいいくらいだ」

　ふたりが神殿にもどると、仲買人の言ったとおり、漁業組合の長(おさ)がむずかしい顔をして待っていました。
「きみたちは神殿のために働いているから、これまで大目に見てきたが、今日

のはあんまりだ。ほかの漁師もみんな怒っている。言いたくはないが、今日のようなことをもう1回くり返したら漁業権をとりあげるからそのつもりでいてくれ」

　ナギとナミは今朝のうれしさはすっかりふきとんで、何日も水をもらっていない草花のようにしおれてしまいました。

　エーゲ海に太陽が沈んでいきます。アポロンの神殿も紅色に染まります。空には気の早い星も輝きだしました。明日もいい天気でしょう。

※

　魚をとりすぎると値段が下がって逆に売上げが減ってしまう、と叱られたナギとナミは困ってしまいました。イルカたちにどう説明すればいいのでしょう。つぎの日、浜辺に行くと、イルカたちがうれしそうにたくさんの魚をとって待っています。それを見ただけでふたりはいっそう気が重くなってしまいます。

「とても言いにくいんだけどね。こんなにお魚をとってはいけない、って言われたんだ。たくさんお魚をとると、値段が下がってしまって、少ないときより売上げが減ってしまうんだ」

「それなら、お魚の一部はアゴラに出して、残りは保存するといいじゃないか」

と、イルカが言ったような気がして、ふたりは異口同音に言います。

「なるほど」
「今売らずにとっておいて、お魚が少ないときに高い値段で売るんだね」
と、ナギはすっかり感心してしまいました。
「でも、たくさんとれたときにはちゃんとみんなにお魚を配ったほうがいいのではないかしら」
と、ナミはあまり納得がいかないようです。
「そんなことないよ。売上げが減ったら神殿だって直せないしさ」
「うーん。でも値段の高いときを見計らって売るなんて、いかにも商売人って感じであまり気持ちよくないわ」
「そうかなあ。ぼくらは神殿のために働いているんだから、神殿がもうかればいいじゃない」
「そこよ、そこ。神殿がもうかればいい、という考えはよくないわ」
「まあでも、捨ててしまうのはもったいないし、アゴラには出すな、ってきつく言われているから、マリネと塩漬けにしておこうよ」
ナミはしっくりとしませんでしたが、しぶしぶ承知しました。

※

それからしばらくして、大地がどんとゆれたかと思うと海の水がにごってしまいました。

「ポセイドンがお怒りだ」
と、島民たちもあわてています。イルカたちもポセイドンのお供でどこかへ行ってしまったのでしょうか、すがたが見えません。魚もまったくとれなくなってしまいました。
　魚のマリネや塩漬けをたくさん作っておいたナギとナミは、アゴラでそれを売りはじめました。おどろいたことに、いつもの新鮮な魚の数倍の値段で取引されていきます。
　漁業組合の長がふたりのところへやってきて冗談まじりに言います。
　「いやあ、もうけているねえ。きみたちにこんな商才があるなんて知らなかったよ。神殿で働いているなんてもったいない。うちのところへ来ないかい」
　それを聞いてナギは誇らしげに胸をそらせます。一方のナミはすこし後ろめたい気になります。
　「やっぱり、ひとの弱みにつけこんでいるみたいでいやだわ」
　「そんなことないって。これはぼくらが一生懸命マリネや塩漬けを作ったことに対するごほうびだよ」
　ふたりが神殿にもどろうとアゴラを横ぎっていると、ヘロドトスが目に入りました。
　「そうだ。ヘロドトスに聞いてみよう」
　「そうしましょう」

　ヘロドトスは、親をなくしたナギをサモスから連れてきて、デロスの神殿で住みこみで働けるよう計らってくれた人です。神殿で育ったナミがナギと出会ったのもそのおかげです。学校に行っていないナギにとっては先生の代わりでもあります。いえ、ヘロドトスほどの先生は、ギリシャ広しといえども簡単には見つからないでしょう。ナギたちが話をはじめると、しばらくうなずきながら聞いておりましたが、やがて口を開きます。

　「お金をもうけようと工夫することは決して悪いことではないのだよ。貴族や知識人と呼ばれる連中は商人を一段下に見ているが、倫理的に見てどちらがすぐれているということはない。むしろ世の中の役に立っているという意味では、商人のほうがよりえらいと見るべきかもしれない」
　予想していたのと異なる答えが返ってきたため、ふたりはつまってしまいました。
　「でも、わたしたちがもうけているということはだれかが損をしている、ということではありませんか」
　ヘロドトスは笑いながら言います。
　「取引は綱引きとは違うからね。きみたちが考えるように高いお金を払う人たちが損しているわけではないよ。モノが高いときに売るというのは、それをほしがっている人たちに与えるということでもある。高くてもいいからほしいと思っている人にモノを与え、その代わりにお金を受けとる。相手も自分も幸せになるというわけだ」

「ふうん。じゃあ大手をふってお金もうけができるということですね」
「でも、やっぱりなんか利己的な気もするわ。だって貧しい人はマリネのお魚が食べられないじゃない」
「でも、きみたちがマリネを作らなければ、ほかの食べ物の値段も上がって、貧しい人はもっと困ったと思うよ」
「つまり、マリネにしておいたお魚を不漁のときに売りにだしたことで、ぼくたちももうかったけど、ほかの人も得をした、というわけですね」
「うむ、市場の規則(ノモス)に従って行う金もうけは、利己心は利己心でも健全な利己心なのだよ」
　ふたりは『健全な利己心』という言葉の意味を一生懸命考えようとしました。ヘロドトスはそんなふたりをほほえみながら見守っておりました。

※

　ヘロドトスは頭がよくて話もおもしろいが、ほらふきだ、というもっぱらのうわさです。子どもたちは目を輝かせてヘロドトスの冒険談のような話を聞いていましたが、大人たちはヘロドトスを単なる物語作家だと思っていました。
　今日もアゴラの片すみに子どもたちを集めて、ペルシャ戦争のクライマックス、ギリシャ諸国の興廃をかけたサラミスの海戦の話をしています。
「どこまで進んだかな。そう、アルテミシオンの海戦だ。ギリシャ連合艦隊が

ペルシャの大艦隊相手に圧勝したところだったね。

　しかし、まだものすごい数の陸軍と連合軍の２倍以上の海軍がいる。そのペルシャ陸軍はペロポネソス半島への入口にあたる地峡に向かって進軍していたんだ。ここではスパルタが中心となって、コリントス人などが防衛に駆けつけたのだよ。中立を守っていたポリスもあったけれども、いじめを見て見ぬふりをするのと同じで、ペルシャに与(くみ)した、というべきだね。

　一方、サラミスの海軍では意見が真っ二つに割れていたんだ。ペロポネソス半島の諸部隊は地峡の応援に回ることを主張し、アテネ人たちはサラミスに踏みとどまることを説いて、議論は平行線をたどってしまう。

　そこで、テミストクレスは、こっそりと会議を抜けだし、腹心の男に言いふくめてペルシャ軍のほうへ小舟で向かわせたんだ。男はペルシャ陣営に着くと、敵の指揮官たちに向かってこう言った。

　『わたしはアテネの指揮官から内密に派遣されてきたものです。アテネの指揮官はペルシャ王に心をよせ、ギリシャ軍よりも貴国軍の勝利を願っております。ギリシャ軍は恐れをなして逃亡を計っていること、したがって貴軍におかれましてはこれを見逃さずにおそいかかれば、大きな戦果をあげることは必定ということをお伝えせよ、とのことでございます』

　この通報を信じたペルシャ軍は、夜半を待って西翼の部隊をサラミスに向けて進発させ、サラミスの海峡全体を艦船で封鎖したんだ」

　「ふうん。でもテミストクレスは、なんでペルシャ軍にサラミス海峡を封鎖さ

せようとけしかけたの？」
「そうだよ。自分でわざわざ逃げ道をふさいでしまうなんて無謀だよ」
「ふつうはね。昔から、戦闘に負けても戦争に負けないように、逃げ道はつねに確保しなければならない、とある。戦いの基本だね」
「だったらどうして？」
「相手は敵だけとはかぎらないからね」
それを聞いたナミが言います。
「ああ、そうか。この場合逃げ道をふさいだのはペロポネソスの部隊をやむなく戦わせるためね」
「うん、そのとおりだ。もちろん逃げ道をふさぐ裏工作をしたことがばれたら裏切り者としてたいへんな目にあうから、だれにも知られないように行ったわけだ。

さて、そうとは知らないギリシャ軍指揮官の間ではまだ論争が続けられていた。そのとき、テノス人の船が一隻敵方から脱走してきてサラミスに到着し、このことをみなに語った。指揮官たちは逃げ道をふさがれたために、ようやくここで戦うしかないことをさとったのだよ。

夜の白むとともに船に乗って外海にこぎだしたギリシャ軍を見て、ペルシャ軍はただちに追ってきたんだ。

それでも、テミストクレスは、戦闘開始命令を出さずに、いつものように風が海から吹き、海峡のところで波が立つまでじっとがまんしていたんだ。この風は

浅くて低いギリシャの船には影響を与えなかったが、甲板が高くて重いペルシャの船が進もうとするときに吹きつけて船体の向きをそらしたんだ。これを見るや、かれは戦闘開始の号令を下した。そして、わき腹を見せた敵船にギリシャの船は激しく舳先（へさき）から突っこんでいったのだよ。舳先で敵船に体当たりするのが今も当時も海戦のやりかただからね。これによってサラミスのペルシャの船の大部分は、アテネ軍のためにこわされ、航行できない状態になってしまったのだ。

　この激戦でクセルクセス王の弟にあたる司令官アリアビグネスをはじめ、ペルシャ、メディアおよびそのほかのペルシャ同盟方の名戦士がたくさん戦死した。それに対し、ギリシャ方の死者は少なかったんだ。ギリシャ人は泳ぎができたので、船が沈没してもサラミス島へ泳ぎつけたのに対し、ペルシャ人のほとんどはおぼれてしまったということだ。しかも、せまい水域で風が吹くなかを逃げようとしたペルシャの船はたがいにぶつかりあい、みじめな最期をとげてしまったのだ。そのため、クセルクセス王はペルシャに退却しなければいけなくなったのだよ」

　話が終わると子どもたちが口々にしゃべりはじめます。
「アテネ軍ってすごいなあ。テミストクレスってかっこいいね」
「ぼくも大きくなったら将軍になって、テミストクレスみたいにペルシャをやっつけるんだ」
「デロスの子どもじゃあ無理よ。アテネ市民でなくちゃ」

「傭兵隊長という手があるさ」
「男の子ってどうしてこう戦いが好きなのかしら」
　子どもたちはギリシャ世界をペルシャから救ったアテネの話が大好きです。
　ヘロドトスはそんな子どもたちのやりとりをほほえみながら聞いておりました。

※

「アステリア、大地のへそと言われ、アポロンの神託所がある陸の聖地はどこですか？」
「えー、デロスじゃないし、アテネでしょうか？」
「どちらも違います。デルフィでしょ。みなさんももっと学ばなくてはなりませんよ。はい、今日はここまで」
　巫女学校の授業がようやく終わります。アステリアと呼ばれた女の子がぐちをこぼしながら教室から出てきます。
「ああ、疲れた。あの老巫女、絶対わたしのこと目のかたきにしているわ。ナミもモライアもそう思うでしょ」
　モライアと呼ばれた女の子が首をかしげます。
「そうかしら？」
「絶対そうよ。陸の聖地なんておぼえているわけないじゃない」
　モライアが答えます。

「あら、大地のへそと言ったらデルフィ以外にはありえないわ」
「ふーん、へその上でアポロンさまが神託を下しているなんて知らなかったわ」

そのとき神殿のほうからナギがやってきました。
「おーい」
「あ、ほら。アポロンさまのお出ましよ」
「あーんな遠くから手ふっちゃって。かーわいー」
「それじゃあ、わたしたちは鶴の舞の補習に行くわね。ナミ、また後でね」
ナミに手をふると、二人はおしゃべりをしながらジムナジウムのほうへ向かいます。
「あーあ、それにしてもいっしょに鶴の舞を舞ってくれるひと、いないかなあ」
「タウ坊がいるじゃない」
「だめよ、あんなへたくその弱虫」
「あなたもへただから補習をやらされているんじゃないの」
「おたがいさま」
けんかしながらも仲のよいアステリアとモライアのうしろすがたを見おくっていると、ナギがひとり残されたナミのところへやってきました。
「あれ、みんな行っちゃったの？」

「え、ええ。鶴の舞のレッスンですって」
「ふうん。それよりさ、プロタゴラスというえらい学者(ソフィスト)が島に来たらしいよ。行ってみようよ」

※

　ギリシャ本土から高名なソフィストのプロタゴラスがやってきました。デロス島と、そこで行われる奴隷の売買を見にやってきたのです。でも、それはどうやら表向きのこと。ほんとうはアテネでも話題のヘロドトスがデロスにいることを聞きつけて、その人物の値打ちをたしかめにやってきたようです。それを知ってか知らずか、デロスの島でもすこし学があると自認している者たちは大さわぎです。
「そんなにえらい人なの？」
と、ナミが近くにいた学者然とした男にききます。
「そりゃそうさ。なんでも1コースの授業料が1タラントン、つまり戦艦1隻の値段と同じなのだから」
と、男が答えます。
「でも、ぼくはヘロドトスのほうがえらいと思うな」
と、ナギがナミにささやきます。

船から降り立ったプロタゴラスはじつに立派な身なりをして、弟子をたくさん従えておりました。弟子たちの間にも序列があるようで、プロタゴラスのすぐ後ろに従っている弟子はかれら自身相当なソフィストであると物知り顔の男がささやいています。プロタゴラスの足跡をなぞるように、弟子たちが２列になって後を追います。プロタゴラスが右へ行けば順に右へ、左へ行けば順に左へと動くさまは、まるで蛇が進むときのようです。

　島の知識人たちは大そう腰を低くしてかれらを迎えました。プロタゴラスはそれを当然のように見下ろします。

「きみたちの島にはヘロドトスがいると聞いているのだが」

　島の知識人もそれにあわせて、もみ手をするようにへりくだります。

「かれはいつものようにアゴラで子どもたちを相手に物語を聞かせています」

「ふん、そうか。わたしと議論するのは気が進まないわけだな」

と、たっぷりの自信を見せながら後ろを顧みます。

「議論に負けることを恐れてはいけない。学者の真髄はいかにうまく議論をするかにある。わたしのように議論に熟達してくれば黒いカラスを白いハトと主張することさえできるのだ」

　従う弟子たちの顔には畏敬の念が浮かんでいます。

「さあ、わたしは時間をむだにはしたくない。さっそく、奴隷市場の見学に行こう」

一行がアゴラに着くと、ちょうど奴隷のせりが始まったところでした。奴隷商人や一般の金持ちの客たちがぐるりと周りを取り囲み、その中に奴隷たちがすわっています。かれらは一人一人立たされてせり人がすばやく声をあげて、つぎつぎに奴隷を売っていきます。ひときわ美しい女奴隷が丁重に引きだされます。ナギとナミも見物人の輪に入ります。
　「あのひと、きれいだけれどもとても悲しそう」
　「うん、でもすごい高値がつきそうだよ」
　仲買人が口上をはじめます。
　「ここにいるのは先だってのペルシャ戦争で捕虜となったペルシャ王家の血筋をひく娘でございあい。どうです、この美貌。おまけに教養も高いよ。殿方のお相手に、ご子息の家庭教師に、これ以上の娘はいませんよ。さあ、競った競った」
　「10ムナ！」
と、いきなり相場の10倍から始まります。
　「11！」
　「12！」
　「20！」
　「30！」
　「1タラントン！」
　一気に2倍に跳ね上がった値を聞いて、見物人や買い手からどよめきが起こります。

「わあ１タラントンだって。すごい高値だなあ」
　ナギはしきりに感心しています。ナミはその奴隷の悲しげな顔をじっと見ています。

　つぎに引きだされた男を見て、見物人の一人が首をふります。
　「あいつもついに奴隷落ちか。あんなバカなことをしなきゃよかったのになあ」
　もう一人が相づちを打ちます。「まったくだ。昔はまじめだったのに、魔が差したんだな」
　「あの人、何をしたのですか？」
と、ナギが思わずききます。
　「どうもこうもねえや。あいつ、昔は神殿の神札作りだったのさ。銀に鉛を混ぜるように神殿に言われてから身をもちくずしたんだ」
　「そうそう、最初は銀の割合を神殿の言うとおりに減らしていたのだが、そのうち銀の割合を勝手に減らして、残りの分をくすねるようになってしまったんだよ。それがばれて、神殿をくびになり、借金もかさんで、奴隷に身を落としたってわけさ」
　ナギがナミにささやきます。
　「『不健全な利己心』にとらわれてしまったわけだね」

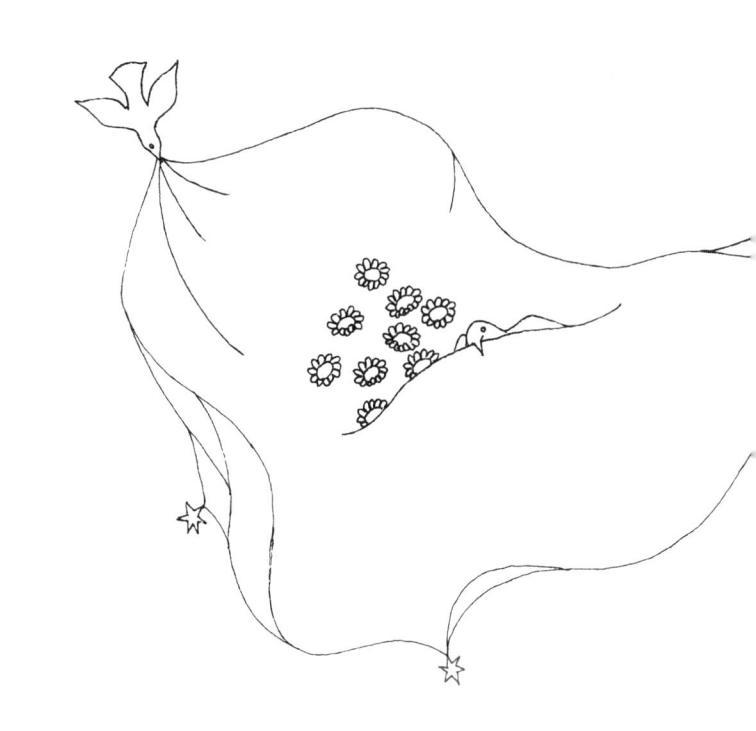

せり人は、手ぎわよく奴隷をさばいていきます。しばらくせりが進んで、今度は片目がつぶれていて背中も丸まっている奴隷が引きだされます。
「あの奴隷はだれも見向きもしないだろうね」
「あの人、だれも買い手がつかなかったらどうなってしまうのかしら」
「きっと鉱山奴隷としてぼろぼろになるまで働かされて、役に立たなくなったら処分だろ」
「かわいそう」
「かわいそうだけどしかたないさ。あんな身体じゃ 1 ムナどころか、10 ドラクマだってだれも買わないもの」
　その奴隷は結局買い手がつかず、荷物のように隅に押しやられました。

※

　アゴラの端のほうに奴隷のせりには見向きもせずに子どもたちに話をしている人物が見えます。これを目ざとく見つけたプロタゴラスにデロスの学者が答えます。
「かれが変わり者のヘロドトスです」
　さっそく、プロタゴラスは蛇のように連なった弟子を引きつれてヘロドトスのところへやってきました。ナギとナミも輪に加わります。ヘロドトスはプロタゴラスをちらっと見て、また子どもたちへの話を続けようとしましたが、プロタゴ

ラスはそれをさえぎります。
　「これはヘロドトスどの、お目にかかれて光栄です。あなたは奴隷のせりには興味がないようですな。もうせりは見飽きましたか」
　「はい、バビロニアでは結婚相手までせりで決める風習がありましたから」
　「ほう、結婚相手まで。にわかには信じられませんな。それはどのようにして決めていたのですかな。ぜひそのお話をうかがいたいものです」
と、相手がすこしでもおかしなことやいいかげんなことを言ったら突っこんでやろうと気負いたって、しかし威厳は保ったままプロタゴラスがききました。
　「これを信じる信じないはあなたがたの自由です」
と前置きをして、ヘロドトスはしずかに語りはじめました。しかし、それはプロタゴラスに対してではなく、ナギやナミたちに語りかけているように聞こえます。
　「バビロニアでは部落ごとに毎年一回つぎのような行事が行われました。
　嫁入りの年ごろになった娘をすべて集めて一ヶ所へ連れていき、その周りを男たちが取り囲みます。せり人が娘を一人ずつ立たせてせりにかけます。まず中で一番美しい娘からはじめますが、この娘がよい値で売れると、つぎに二番めに美しい娘を呼びあげます。ただし、娘たちは結婚のために売られるのです。適齢期になったバビロンの青年たちの中でも富裕なものはたがいに値をせり上げて美しい娘を買おうとします。
　しかし、庶民は器量の良し悪しは気にせずに、金をもらって不器量の娘を手に入れようとします。というのは、せり人は美しい娘たちをひととおり売り終える

と、今度は不器量の娘を立たせ、最少額の金をもらってこの娘を嫁にもらおうとする男はだれかということで、せりをはじめるからです。そのためのお金は美しい娘たちに金持ちが払ったお金でまかなうわけです。要するに、器量のよい娘が不器量の娘に持参金を持たせたことになるのです。もちろん、その中には身体が不自由な娘もふくまれていた、ということです」

　プロタゴラスの弟子は感心します。
「これはたしかに気のきいた風習だ」
「でも、それじゃあ女のひとは奴隷と同じだわ」
と、思わずさけんだのはナミです。
「きれいかどうかだけで選ぶなんて変よ」
「そうだよ。美人は三日で飽きる、なんとかは三日で慣れる、って言うじゃないか」
と、ナギがとんちんかんなことを言って火に油をそそぎます。
「そういう問題じゃないの。結婚相手を『買う』という考えかたそのものの問題よ」
「しかし、ギリシャでは、せりこそないけど、宴で女性を値ぶみし、贈りものをし、派手な祝宴を開いて大勢を招待し、金を浪費して結婚にこぎつけるという点では似たようなものではないかなあ」
　ナミの興奮はおさまりません。
「そのとおりよ。バビロニアだけではなくて、ギリシャも基本的に女性を所有

物と考えている点では同じよ。だってあれほど民主制をうたっているギリシャの『理想的な』ポリス、アテネでさえ、奴隷と女の人の自由は認められていないじゃない」

　すっかり子どもたちに議論のお株をとられてしまったプロタゴラスの弟子がようやく割りこみます。

「それでその風習はどうなったのです」

「しばらく前になくなりました。ペルシャ人が攻め入ってからというもの、そのままにしておくと娘たちがすべて他国へ持っていかれてしまうようになったからだそうです」

「そうか、他国の者に娘たちをとられてしまうから市場を閉じたというわけですね。それにしても先生、このような結婚のやりかたとわれわれのやりかたとでは、どちらが正しいのでしょうか」

と、プロタゴラスの弟子はヘロドトスにきかず、師匠のプロタゴラスにききます。プロタゴラスは、ここではじめて口を開きました。

「アテネにはアテネの、デロスにはデロスのやりかたがあるように、バビロニアにはバビロニアのやりかたがあってよいであろう。万物の尺度は人間なのだから、結婚相手をせりで決めるのもくじで決めるのもそれが正しいと思われていれば正しいのだ。逆に言うと、どちらが正しいという客観的真理などというものは存在しないのだ」

　プロタゴラスの弟子たちはしきりにうなずいています。

「真実はみんなの意見で作るもの、というわけですね」

「そう言えばヘロドトス、あなたも文化はどれがすぐれているという絶対的な基準はないという主張をしておられる。その点であなたとわれわれとの考えは近いと思いますが」

と、プロタゴラスの弟子が言います。ヘロドトスがどの程度哲学的に深い考えを持っているのかをためしてやろうというつもりのようです。

「わたしはあなたと同様、社会にはいろいろな形があってもいいと思っています。しかし、それは客観的真理などない、ということを意味するのではなく、社会的な事実にいろいろなものがある、ということなのだと思います。わたしはただ社会をよりよく理解したいだけなのです。そのために社会を観察した結果わかったことは、多くの土地で自分たちのやりかたがいいやりかたで、自分たちとは異なるやりかたを、それが力の劣った民族のものであれば遅れたやりかたで、力の優った民族のものであれば乱暴で強引なやりかただと考えているということです。

アテネ人はイオニア地方のやりかたを一歩遅れたものとみなし、かの地に民主制を敷こうとしています。反対に、イオニア地方の人々は、息子が強い父親に対するように、自分たちをペルシャの手から救ってくれたアテネを尊敬し、あこがれつつも、そのやりかたを強引で自由を束縛するものだと感じています。

学ぶということもまたしかりです。自分たちの考えかたがいい考えかたで、自分たちとは異なる考えかたを拒否しようとする傾向があります。相手の力が弱ければ、劣った考えと見なし、相手のほうが強ければ、強者の論理とみなすわけ

です」

　アゴラを離れ、船へもどる道すがら、プロタゴラスは何も話さず考えこむように下を向いて歩いておりました。後ろのほうにいる弟子はそれに気づきません。
「高名な学者と言ってもあの程度。こういう社会もある、ああいう社会もあると言っているだけではないか。あれでは単なる物語作者だな」
「まったくだ。弟子もできないはずだ。子ども相手におとぎ話でもしているのがお似合いだな」
　それを聞いたプロタゴラスは弟子たちのほうをふり返ります。
「言葉をつつしみたまえ。ヘロドトスはきみたちが束になってもかなわないだろう。客観的真理はないとするか、客観的真理がいくつもあるとするか、どちらの主張が正しいか、たしかめるすべはない、というわけだ。われわれは思弁に向かい、かれは観察に向かう。どちらも車の両輪のようにたいせつなものだ。どのように自分にとって不都合な事実であろうともかれには観察する覚悟がある。われわれもどのような結論になろうとも、議論の道すじに従う覚悟を持たなくてはならない」
　一方のヘロドトスは、なにごともなかったかのように、今度はバビロンの塔の話を子どもたちに聞かせてやっておりました。

「1、2、3、4、休み、1、2、3、4、休み、1、2、ほうら、そこ、身体をもっと曲げて！　しなやかに、しなやかに！　そうそう。だーめっ！　やめっ」
　巫女学校には実技もあります。とくにデロス祭で舞われる鶴の舞は必修科目です。勉強がきらいな子どもたちも鶴の舞だけは真剣に取り組みます。声をからしてさけんでいるのはニケ先生です。
「アリアドネの気持ちになって舞わないとだめですよ。クレタの王女アリアドネはデロスにたどりついたときには、アテネ王子テーセウスの心が自分から離れそうなことに気づいていたのでしょう。彼女は、離れないで、離れないで、と願ってこの舞を舞ったのです。そのせつない気持ちを忘れてはいけません。今日はここまで。つぎは竪琴の伴奏と歌も入れますからね。歌詞もきちんとおぼえてくるように」

　三々五々、ジムナジウムを出ながら、アステリアがまた文句を言っています。
「アリアドネの気持ちなんてわかりっこないじゃない」
　モライアがにやにやします。
「そうよねえ、タウ坊相手じゃねえ」
「ふん。それにしても男ってひどいわよねえ。テーセウスって、アリアドネに助けてもらったおかげで、ミノタウロスを退治して英雄になれたわけでしょ。それで、どうしてアリアドネを置き去りになんかできるわけ？　信じられないわよ、

まったく」
「愛情の押し売りはだめってことよ。アリアドネはテーセウスを助けたつもりかもしれないけれども、テーセウスのほうは最初から助けられたとも思っていないし、まったくアリアドネに気がなかったのかもしれないじゃない。それに男を助けたからいっしょになれるなんて思うほうが甘いわよ。ねえ、ナミもそう思うでしょ」
「え、ええ。アリアドネは、男性にたよりすぎて、自分を見失ったのかもしれないわね」
「ナミは男で苦労していないからわからないのよ」
ナミとモライアは思わず顔を見あわせて、ふきだしてしまいます。
「あなたが男で苦労しているなんて知らなかったわ」
モライアはふくれ面をしているアステリアをなだめるように言います。
「でも、アリアドネは結局、デュオニュソスに見そめられたからラッキーじゃない。何て言ったって、酒の神だもの」
「その酒の神というのが、くせ者なのよ。タウ坊なんて、去年のデロス祭のときは御神酒を飲みすぎて酔っぱらってしまって、わたしたち、鶴の舞を舞えなかったのよ」
「ああ、あなたの苦労って、そのレベルね」

☆

今日は月に一度のデロスの神殿の神官会議です。この会議では神殿に関するすべてのたいせつな事がらが話しあわれます。葡萄酒をお酌してまわるナギとナミのすがたも見えます。中心の議題は神殿の建てかえ工事のことのようです。しかし、なにやらもめています。どうも神殿の財務を担当している神官のニーモニデスがあわてているようです。
　「いままで気前よく大工たちに払っていたでしょう。この調子で払いつづけるとすぐにお金が足りなくなります」
　「それならまたアテネに寄進を求めればいいではないか。デロス同盟金庫にはどんどんお金がはいってくるのだから」
　「それが、アテネの同盟財務官は、もうこれ以上支出額を増やすことは民会が承知しないだろう、と言っています。むしろこれからは減らしていく方向で検討する、などと言われてしまいました」
　建築担当のキケロスが口を開きます。
　「アテネにたよるのが無理なら借金をするのはどうだろう。われわれにならいくらでも金を貸したいという商人は出てくるはずだが」
　「いや、借金までして建てなおしをするのには反対です」
　と、ニーモニデスが言います。
　「そんなことはない。借金をしても建物はきちんと残る。これは赤字を埋めあわせるための借金ではなく、神殿造営のための借金だから健全だ」

と、キケロスが反論します。

　「目的が何であろうと借金は借金です。そもそもその借金を返済するあてはあるのですか」

と、ニーモニデス。

　「もちろんだとも。とくに神殿の宿はかなりの収入が見こまれる。部屋数を2倍にすれば利用客も2倍になるから10年で借金を返せるということになる」

　「その計算はおかしいですね。部屋数を2倍にしたって、泊り客は2倍には増えません。それに、宿を広げれば、民宿は困り、宿代を下げます。そうなればこちらも宿代を下げざるをえません。ですから収入が2倍になるなどということはありえません。それよりも神の札をもっとたくさん作るのはいかがでしょうか」

　「それは困る」

と、すぐさま反応したのは神札担当とからかわれている神学担当の神官です。

　「もうこれまでにずいぶん余計に鋳造してきた。あれは数にかぎりがあるから、みなありがたがって手に入れようとするのだ。神札を増やせば、ありがたみも減ってしまう。ただでさえ、先ごろの混ぜものの一件で評判を落としている。どうかすると、神札が単なる板きれになってしまう。断じて許すわけにはいかん」

　「神札担当の連中は堅物だからな。ほんのすこし増やせばいいんだ。みんながこんなに困っているのに融通のきかないやつだ」

と言うキケロスに、神学担当の神官も言いかえします。

「何だと。建築屋はいつも袖の下の勘定ばかりしていて、せこいやつが多いと言うがそのとおりだな」
　キケロスがいきりたちます。
「一体だれがそんなことを言っているんだ」
「みんな言ってるよ」
「みんなってだれだ、言ってみろ」
「みんなってみんなだ、袖の下担当以外のな」
　いまにもとっくみあいのけんかが始まりそうです。さすがに神官長が止めにはいります。
「きみたち、もっと理性を持ちたまえ。かりにもきみたちは神につかえる神官なのだよ。言ってみれば公僕だ。そのきみたちがそんなにいがみあっては困るね。それよりだれかいい知恵はないかね」
と、そのときです。
「あの、計画を変えずに出費を減らせられればいいんですよね」
という声がしました。神官たちはいっせいに声のするほうを向きます。
　そこには葡萄酒をお酌してまわっていたナギが酒びんをかかえたまま立っていました。
「子どもは引っこんでいなさい」
と、一人の神官が言うと、神官長がそれをさえぎります。
「いや、子どもの目が一番たしかということもある。どんなふうにやるのかね」

と、やさしくうながされて、ナギは酒びんをおくと、みなを見回します。

「この間、奴隷市場を見ていて思ったのです。あの市場は奴隷を買う側がせりをすることで価格が上がっていきますよね。われわれは建てかえのお金を払うほうですから、売る側にせりをさせれば値段が下がっていくのではないかな、と思ったのですが」

「うーむ。そんな商売人がやるような真似をしてわれらがデロスの神殿の伝統と権威が失われてしまうのではないだろうか」

と、口を出したのは祭事担当の長老神官です。

「そのとおり。われらがそのような商売人の真似をするなどもってのほかである。第一、せりなどをして買いたいてみろ。質の劣る大工がわれわれの工事を請け負って、手を抜き、すぐこわれるような建物を建てるおそれがあるぞ」

と、キケロスもせりには反対のようです。

「それなら、われわれのところで働いたことのある大工だけ集めてせりを行えばよいではありませんか。うまくいくかどうか、今度の『アルテミスの侍女の部屋』の建てかえでためしてみませんか」

と、ニーモニデスが提案します。キケロスはしばらく考えておりましたが、やがて同意します。

「うむ、それならためしてみてもよかろう」

「しかし、われらの神殿の伝統と権威が」

と、祭事担当の神官が食い下がりますが、建築担当と財務担当の二人の神官が合

意してしまった以上、議論は収束したも同然です。不満そうな祭事担当神官を無視して、せりのやりかたへと議論が進んでいきました。

　得意なのは、ナギです。自分の意見が取り入れられたのですっかり有頂天。神官会議が終わった後、アゴラへ向かう間もずっとナミ相手にせりの話をしつづけています。
「われながらいい考えだと思うな」
「でも、奴隷のせりみたいにうまくいくかしら」
　ナミは、せりの効果にすこし疑問を持っているようです。
「ナミはなにごとでも慎重だからなあ。あ、ヘロドトスだ」
　ナギは飛んでいって一部始終を話しました。ヘロドトスはナギの自慢話をしずかに聞いていましたが、やがて口を開きます。
「どうして急にキケロスとニーモニデスの意見が一致したのかね」
「それはいいアイディアが出てきたからです」
　ナギは、それを出したのはぼくですからね、と付け加えるのをがまんします。
「建築担当の人たちは、財務からうちで働いたことのある大工さんだけ使うという提案が出されたところで急に態度が変わったように見えたわ」
　それを聞いたヘロドトスは合点がいったというようにうなずきます。
「なるほど、新参者を防ぎたい建築側と、すこしでもむだを省きたい財務側が妥協案で手を打ったということだね。大工たちにとって恐いのは少々値が下がる

ことではなくて、新参者がやってきて仕事そのものをとられてしまうことだからね」
「神殿の仕事がなくなったら大工さんたち困ってしまうものね」
「そうなんだ。この島は、大工だけでなく、みんな神殿にたよりすぎるところがある。だから神官たちも尊大になってしまうのだ。もうすこし神殿が何をしようと、自分たちのことは自分たちで責任を持つという態度がなければ、デロスの活力は失われてしまうだろう」
ナミがうなずきます。
「そう、それになんとなく神官の方々は自分の立場ばかり主張していたようにも見えたわ」
今日は自分の意見を取り入れてくれたことで、神官びいきになっているナギが言いかえします。
「おたがいの立場でものを言いあうから、バランスがとれていいんじゃないか。神殿やデロスのことを考えつつも、自分の役割に徹するという態度はすばらしいと思うけどね。それにヘロドトス、あなただって、みんなが自分のために考えて行動することがひいては世の中のためになる、って言っていたではないですか」
「『健全な利己心』のことだね。個人として行動する場合にはそれが必要なことだろう。しかし、一つのポリスとしてどう行動するかを論じるときにはポリス全体の利害を大きな目で見なくてはならないのだよ。そうでないと単なる縄ばり争いになってしまう」

「そうなのよ。お魚の売り買いのときとは、なんか違うのよね。ほら、取引は綱引きとは違う、って言ったじゃない。神官の人たちは綱引きをしていたように見えたわ。それに話に夢がないというのかなあ。なんかこう、デロスをすばらしい島にしようとか、そういう感じが伝わってこなかったわ」
「夢じゃあ世の中は動かないさ」
「夢がなくてはなんで神官になったかわからないじゃない」

※

　今晩は、ナギは興奮してなかなか寝つけないようです。なぜって、明日はいよいよ『アルテミスの侍女の部屋』の建てかえ工事のせりの日だからです。
「えっと、1タラントンって、60ムナだから、6,000ドラクマか。すごくかかるんだなあ、ただの侍女の部屋なのに。『アポロンの侍従の部屋』のときは1,000ドラクマくらいだったらしいよ」
「それはそうよ。女性のほうがいい部屋に住んでいい服を身にまとわなくてはならないんだもの」
「男だっていい部屋に住まなくちゃ」
「男はいいの。どうせ外で飲んだり騒いだり戦ったりしているだけだもの」

　大工の棟梁たちが自分の希望額を札に書いて箱の中に入れます。

「せりで建てかえ費用が安くなったら、ぼくもごほうびをたっぷりもらえるかな」

「そんなにうまくいくかしら」

いよいよ開票です。ナギもせりの結果をじっと見守ります。ナミはそれほど興味もないようです。建築担当の神官のキケロスが一枚ずつ数字を読みあげていきます。

「アレイオス組、1タラントン44ドラクマ。フェイディオス組、5,999ドラクマ。ディドロス組、1タラントン14ドラクマ。……」

読み終えて、キケロスはむっとした顔をしています。ニーモニデスも青ざめています。ナミがナギにささやきます。

「何かとってもまずいことが起こったみたいね」

「低いほうが勝ちだから一番安い価格を入れたフェイディオス組がせり落したわけだろ。あれ、そういえば1タラントンって6,000ドラクマだよね。それが初めの見積もりだったから、それとほぼ同じ値段でせり落してしまったんじゃないかな」

「せりの効果が全然なかった、ということね」

「こんなのいんちきだ！」とナギがさけぶ寸前にナミはナギの口を押さえました。

キケロスがニーモニデスに合図します。二人の神官は棟梁たちを集めて、別の部屋に移ります。しばらくして、二人がすずしい顔をしてもどってきます。一方、

棟梁たちは神妙な顔をして席につきます。キケロスが説明します。
「先ほどのせりには、やや不備がございました。これより、ふたたびせりを行います」
ナミがナギにささやきます。
「せりって、やり直しなんかするものなの？」
２度目のせりでもフェイディオス組が一番安い価格を書いてせり落しましたが、その価格は2,999ドラクマ、なんと元の価格の半分に下がってしまいました。立会人たちが唖然としているうちに、キケロスが閉会を宣言します。
「これでせりを終わります」

ナギとナミは、さっそくヘロドトスのところへ向かいました。
「せりの話なんですけど」
ナミが事情を説明すると、ヘロドトスはすこし考えていましたが、やがて口を開きました。
「ははあ、おそらく、棟梁たちは、事前に6,000ドラクマでフェイディオス組がせり落すということを示しあわせていたのだろうね。せりは参加者がたくさんいるときにはとても有効な方法さ。だから魚市場でも奴隷市場でも使われているのだ。それを単に用いれば同じ効果が得られると思ったのだね。形式さえととのえておけば批判もされまい、という神官の事なかれ主義がまねいた結果と言えないこともないね」

ナギは自分が思いついた方法を否定されたような気がして、すこしむっとしながらききます。
「じゃあ、どうすればいいのさ？」
「よそ者を入れることは必要だね。仲間うちだと競って安くしようという気も起こらないからね。２度目のせりでは、神官たちが機転をきかせて、棟梁たちをおどしたのだろう。価格が下がらなかったら、つぎからよそ者を入れるとかなんとか言ってね」
「でも、そうしたら経験のない大工を入れてしまうことになる、って建築担当の神官は言っていたわ」
「いやいや、方法はいくらでもある。大工の審査はせり落した後でもできる。質の検査だって新参者にはすこし手間をかけて行ったっていい。神官に安くいいものを手に入れようという意思があれば工夫はまだまだできる。逆に神官にむだをなくそうという意思がなければ、どのようなすばらしい制度を取り入れても抜け道は作れてしまうのだよ」
「買い手にいいものを安く買いたいという意思がなければ、安く買えないということね」

※

「世界には二つの基本状態があります。カオスとコスモスです。この中で、わ

れわれ巫女が目指すべきなのはどちらでしょう、アステリア？」
「は？ あ、はい。えー、うーん、コスモス？ いや、カオスです！」
「あなた、ほんとうにだめねえ。カオスは混沌よ。ごちゃごちゃしているの、わかる？ そんなものを目指してどうするのですか？」
教室がどっとわきます。
「ほら、しずかに。モライア、どうですか」
「コスモスです」
「はい。そのとおり。アステリアももうすこし勉強しないといけませんよ。コスモスは神々が作るきまりで、唯一無二のものです。ふつうは、このコスモスはカオスの向こうにかくれています。一般の方にはカオスにしか見えないところに手をさし入れてコスモスを見いだすのがわたしたち巫女の仕事です。この神々のきまりを知ることができれば、あなたたちもカッサンドラのように、予言の能力が身につくことでしょう。来週は試験です。実技と面接がありますからね、体調をととのえておいてください。ほんとうに優秀な方は卒業後、デルフィに留学できるので、がんばってくださいね。今日はここまで」

アステリアがふてくされて歩いています。
「あーあ、ナミはともかく、モライアにまで遅れをとってしまったわ」
モライアはすこしきげんがいいようです。
「あはは。まあ、そういうこともあるわよ。気にしない、気にしない」

$Δῆλος$

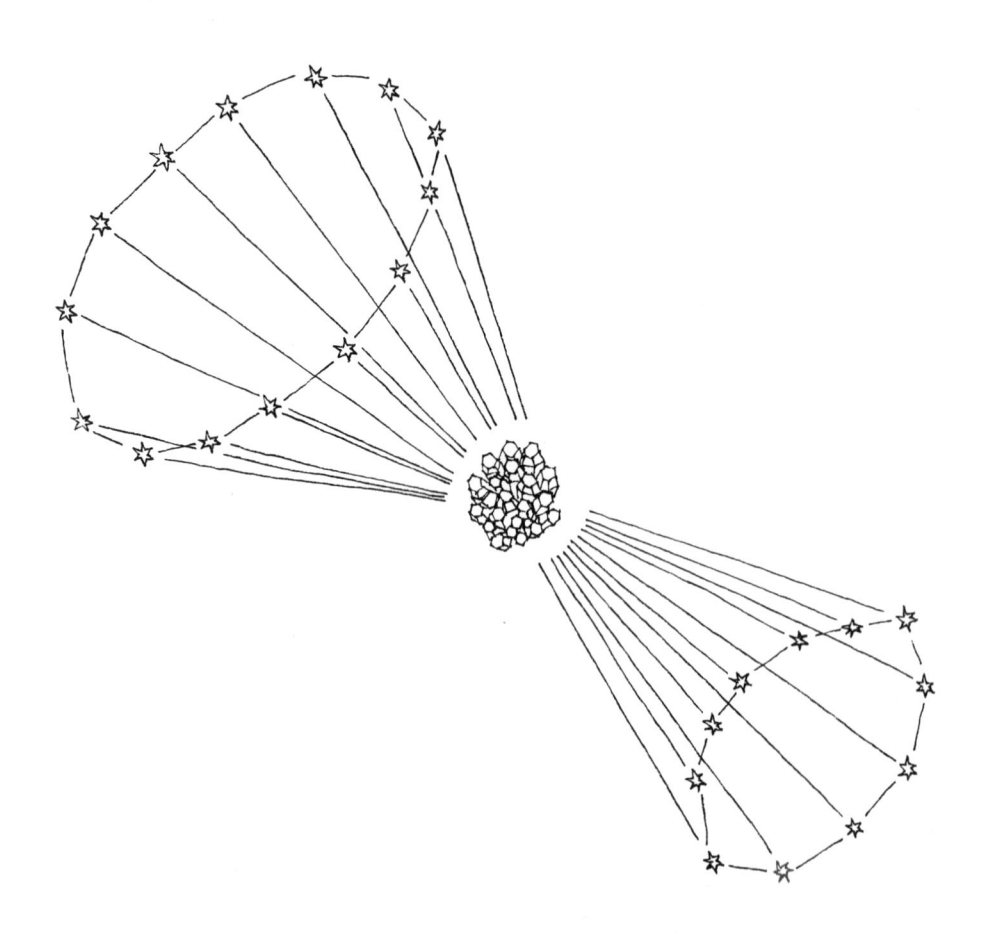

ナミが独り言のように言います。
　「でも、わたしたちが目指すのはほんとうにコスモスなのかしら？」
　「やだ、ナミまで頭の中がカオスに支配されちゃったの？　わたしにあわせなくていいのよ。あーあ、試験かあ。わたしはきっと落第だなあ。頭の中がほんとうにごちゃごちゃだもの。ナミはきっとデルフィ行きね。わたしの分までがんばってね」

　一週間後、つけ焼刃で必死に勉強したアステリアは、なんとか落第はまぬがれたようです。一方みんながおどろいたことに、ナミはひどい成績をとってしまいました。アステリアが心配してナミのところへ来ます。
　「ナミ、どうしたの？　老巫女が退学処分にしてやるってかんかんよ」
　「ええ、試験でコスモスは存在しないかもしれないって答えたの。おまけに神殿にもカオスが入りこんでいるって。それが気にさわったんだと思うわ」
　ナミのほうは意外とさばさばしています。
　「あーあ、ナミは要領悪いわねえ。でも、そのほうがよかったかも。だって、デルフィに行ったら本物のアポロンさまには会えるかもしれないけれども、ナギとはお別れだものね。あ、ひょっとしてそれがいやでわざと変な答えを言ったの？」
　「そんなことないわ。わたし、ほんとうに目指すべきコスモスが見えないのだもの」

神官学校に通っている男の子たちが、通りがかりに声をかけます。
「ナミ、大胆な答えで留学をふいにしちゃったんだって？」
「女は出世のこと気にしないから、言いたいこと言えていいよなあ」
「そうそう、おれなんか、試験官の顔色をうかがいながら返答したもんね」
アステリアが横から男の子を見すえます。
「タウ坊、男がそんな気の小さいことじゃ、先が思いやられるわよ」
タウ坊と呼ばれた男の子が言いかえします。
「女がそんなに気強かったら、嫁のもらい手ないぞ」
「うるさいわね。あんたなんかとは絶対鶴の舞、踊らないもん」

※

ナミは、デルフィに行けないことになった、とナギに伝えました。ナギは、
「ふうん」
と言ったきり、ぷいっとどこかへ行ってしまいます。
「やっぱり、わからないか」
とつぶやくと、ナミは立ち上がって、鶴の舞を舞います。

大地はひとつ　心もひとつ
ひとつになって　舞を舞え
きら星を　夢見ることがあろうとも
離れることなく　舞を舞え

別れを告げよ　来し方に
想いを馳せよ　行く先に
されど今宵は　とどまりて
離れることなく　舞を舞え

手に手をとって　地を離れ
手に手をとって　海を行け
手に手をとって　空翔けよ
離れることなく　冥府まで

大地はひとつ　心もひとつ
ひとつになって　舞を舞え
きら星を　夢見ることがあろうとも
離れることなく　舞を舞え

舞い終えて気がつくと、いつの間にかナギが酒びんをぶらさげてもどっていました。
　「ん」
とだけ言って、盃（さかずき）をナミに差しだすと、そこに葡萄酒をそそぎ入れます。

　空には煌々（こうこう）と満月が輝き、それがエーゲ海に反射してさらさらと光っています。ときどきイルカがはね上がります。ふたりに手をふっているかのようです。ふたりは、ナギが神殿の酒蔵からこっそりくすねてきた葡萄酒を片手に、月の女神アルテミスが天の道を進むのをいつまでもながめていました。

征服者 オリンポス神族

　古代ギリシャでは、多くの神々があがめられていた。科学が現代ほど発達していなかった当時においては、神々の存在を仮定することは、人間では理解しがたかったり、力がおよばなかったりする種々の事がら、事件、状況に関する原因を説明したり納得したりするのに役立ったのである。また、人間におこる災難、幸運、または悲しみや怒りや喜びなどの感情を「神」と結びつけて考えることも日常的であった。

　多くの宗教と同じく、ギリシャ神話にも創世記がある。一説によると、原初にはカオス（混沌）がいて、そこからガイア（地）とウラノス（天）が生まれた。大地には獣や草木、水には魚、空には太陽や月や星が創られる。コスモス（宇宙）の誕生である。そして、ガイアとウラノスからクロノスとレアーを中心としたティターン神族が生まれる。ティターン族はクロノスとレアーの子供であるゼウスを最高神とするオリンポス神族と争い敗れる。興味深いのは、ギリシャ人が崇拝したオリンポス神族が天地創造に関わらない神々だった点である。

　オリンポスの神々は、ギリシャ神話に統合される以前は別々の起源を有していた。一説によると、ゼウスは北方から来た征服民族の神で、地母神ヘラを娶ったという。その他、ヘファイストスは奔放な愛の女神アフロディテとともに東地中海の島キプロスと縁が深く、アポロンとアルテミスの姉弟は誕生地デロスと縁が深い。暴漢のくせに臆病で、ゼウスにも他の神々にもきらわれている戦争の神アレスはトラキア

$Δῆλος$

地方に起源を持つ。同じ武力を行使する神でありながら叡智(えいち)を司るアテナとは大きな隔たりがある。

　ギリシャの神々は、その起源と同様、実に多様な個性を持っていて、かれらにちなんだ戦争や恋愛の話が演劇や詩、絵画や音楽といった芸術作品として数多く残されている。なかでも、盲目の吟遊詩人と言われるホメロスの『イリアス』と『オデュッセイア』は、聖書とともに後世の西洋文学や思想に大きな影響を与えた。

　ホメロスの作品では、ギリシャに定着した神々が優れた資質を持ち、「蛮族」に由来する神々の多くは半分馬鹿にされている。アフロディテはアレスと臥所を共にして、夫のヘファイストスに縄で縛られ、ヘラは単なる嫉妬深い正妻として、ゼウスの相手を執念深くつけまわす。このようなところにも古代ギリシャ人の異民族蔑視の考えが見てとれるのである。

with ken-ichi nagao

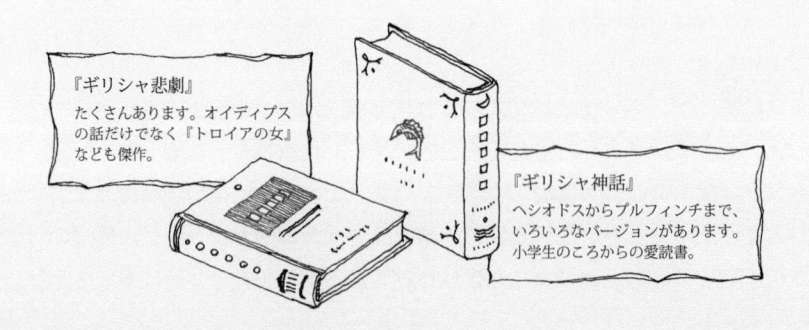

『ギリシャ悲劇』
たくさんあります。オイディプスの話だけでなく『トロイアの女』なども傑作。

『ギリシャ神話』
ヘシオドスからブルフィンチまで、いろいろなバージョンがあります。小学生のころからの愛読書。

歴史の父 ヘロドトス

　ヘロドトスは、前484年ごろに、エーゲ海東岸の港町ハリカルナッソスの名家に生まれた。ヘロドトスの一族は、ギリシャの伝統的な宗教に深い関心をもった家系であった。また、父の名からヘロドトスが非ギリシャ系先住民の血をひいていたことがわかる。

　30歳のころ、政争に巻きこまれたヘロドトスはサモス島への亡命を余儀なくされる。各地を旅し、『歴史』(ヒストリアイ)(『探求』とも呼ばれる)を執筆する新たな人生を始めたのである。

　ヘロドトスは『歴史』を次のように始める。「本書は、ハリカルナッソス出身のヘロドトスが、人間界の出来事が時の移ろうとともに忘れ去られ、ギリシャ人や異民族が果たした偉大な驚嘆すべき事跡の数々——とりわけて両者がいかなる原因から戦いを交えるに至ったかの経緯——も、やがて世の人に知られなくなるのを恐れて、自ら研究調査したところを書き述べたものである。」

　『歴史』はペルシャ戦争を原因から結末まで書き記した客観的な記録かと思われる。ところが、実際に『歴史』をひもとくと、ペルシャ戦争に一見無関係な慣習、風俗、伝説についての記述、とりわけ非ギリシャ人に関する記述が多いことがわかる。これは、ヘロドトスの多様な事実や価値観を尊重する姿勢によるものである。この姿勢が、さまざまな慣習や風俗、事実や価値観の集積としての伝説を重視することにつながったと思われる。それによって、『歴史』は単なる戦争の記録を超え

た膨らみを持つのである。非ギリシャ人に関する記述の多さは、当時のギリシャ人の異民族に対する蔑視を考えると、注目に値する。これは、ヘロドトス自身が非ギリシャ系の血をひいていることと無縁ではないかもしれない。アテネ人だったソクラテスやプラトンが普遍的な善美を追究していたことと対比すると、興味深い。

　ヘロドトスはサモス島で『歴史』の執筆をはじめたが、その後ギリシャ本土を旅行し、アテネには長期間滞在した。前444年ごろ、ヘロドトスは、南イタリアのギリシャ人植民地トゥリオイの建設にも関わっている。ヘロドトスが40歳ごろのことである。ヘロドトスは、トゥリオイで『歴史』を完成させ、生を全うしたという記録があるが定かではない。

with kota saito

ヘロドトス『歴史』
歴史書としても楽しめるが、多様な文化を語る書として読むのも面白い。

> FRB議長は、デルフィの神託の現代版とも評される連銀トークの達人である。……その発言は極めてあいまいで、何が起こっても後から考えれば、なるほどと思わせるようにできている。
> ——グリンワルド／スティグリッツ
> 『金融経済の新たなパラダイムに向けて』

第2章

神 託
$\Delta\varepsilon\lambda\varphi o\iota$

「ここなら見つからないよ」
「やっぱりやめましょうよ。いつかは見つかって追い返されてしまうわ」
「だいじょうぶだって。かれらのお供にしてくれるさ」
「そうかしら？」
　船倉の奥から声がします。アテネ行きの船にしのびこんだナギとナミでした。

※

　一か月ほど前、神官たちがあわただしくアポロンの神殿に集まったかと思うと、扉を閉めて何時間も話しておりました。いつもと違ってナギやナミも中に入れてもらえません。
　朝からはじめた会議が夕方になっても終わらず、食事を運び入れさせると、また扉はぴたりと閉まります。つぎの日も朝から会議です。そんな状態が7日7晩ほど続いて、ようやく神官たちが扉の外に出てきました。みんな一様にやつれた顔をしてひげも伸び放題になっています。

　ナギとナミがキケロスとニーモニデスの二人に呼ばれたのはそのつぎの日のことでした。キケロスは建築担当の神学者で、将来はデロスの神官長になるだろうと言われている生え抜きの逸材です。一方のニーモニデスはイオニア地方サモス出身の財務担当でバランス感覚にすぐれている、と言われていました。

小さな礼拝堂に行くと、キケロスが口を開きます。
「われわれ二人がデルフィに派遣されることとなった。ついてはきみたちに渡航準備の手伝いをしてもらいたい」
「えっ、ぼくたちもデルフィに行けるのですか」
「おまえたちは手伝いだけ。留守番だ」
　かれらは理由を明かしてくれませんでしたが、さんざん続いた神官会議の結果、かれらがデルフィに行くことが決まったことを簡潔に説明しました。ナギとナミがおじぎをして部屋を出ようとすると、ニーモニデスがナミに声をかけます。
「巫女のニケ先生に会ったよ。よくできる子だったのにわたしを裏切った、ってきみのことをさんざん言っていた。で、口述試験の内容を聞いたよ。あれでは先生が怒るのも無理はない。巫女としては失格だ。しかし、すばらしい答えだったよ。
　『ノモスはカオスから立ち上る。われわれがコスモスだと思っているものも、多くはわれわれの秩序(ノモス)を望む心から生まれ出た創造物かもしれない』
か。これでは神々もわれわれが創りだしたものということになる。どうかすると、地球が宇宙の中心だという考えすらうたがう必要が出てくる。ましてや人間社会で成り立っている考え、たとえば奴隷をしゃべる道具だとみなしたり、人前できちんと話せない者は能力が劣る人間だ、といった考えは非常に心もとないものだ、ということになる。それでは確固たる信念を持ってコスモスをつかもうとしているニケ先生には通じないだろう。きみは巫女よりももっと別のものに向いているよ」

出航の前日、港に行くと、すでにいつもは見かけない大型船が碇泊しています。アテネの玄関口ペイライエウスの港まで行く船です。その船を見ているときにナギが言いました。
「いつか言っていた夢をかなえてあげよう」
　ナミは何のことかわかりません。ナギは船を指します。
「これに乗ってデルフィに行くのさ。きみのお父さんをさがしにね」
　つぎの日の朝、ナギとナミは神官たちの荷物を持って港に行き、船に積みこみます。船に乗る人やその見送りの人もたくさんいます。そこここでお別れのあいさつがかわされます。これが最後とばかりに泣きだしてしまう人もいます。新天地での活躍を夢見る青年もいます。もう何度もデロスとアテネの間を往復したと大声で自慢話をしている商人もいます。ナギはナミの手を引っぱって、人々にまぎれてそのまま船倉にもぐりこんでしまいました。

　ニーモニデスがナギとナミがいないことに気づきました。
「おや、あのふたりは？」
　キケロスは気に止めてもいないようです。
「また、キントス山にでも行ったんだろう」

出航の時刻になりました。船はゆっくりと岸壁を離れ、沖へと向かいます。イルカたちが飛びはねながらついてきます。船はまずとなりのテノスに向かいます。もう港を出るまでもなく、くっきりとテノスの町が見えています。この山がちな島は緑豊かで、山の中腹のそこここに白い壁の家々からなる村が見えます。ここで初日の航海は終わり。商人たちは岸に上がって商売をはじめます。

「おどおどしたらだめだよ。ばれてしまうから」
　船倉から這い出したナギとナミは何食わぬ顔で、乗客の後について、下船しました。もっとずっと小さいときから船倉にもぐりこんで旅をしてきたナギと異なり、ナミにとっては、はじめてのデロス以外の島、外国です。漁のごほうびを貯めておいた絵札と何かを交換しようと島のアゴラを見て回ります。ナギはアポロンの、ナミはアルテミスの絵札をそれぞれ持って出店を見て回ります。
　ナミが出店の飾りを見ていると、
「あなたがた、デロスからですね。その服でわかりますよ。神殿の神官と巫女の卵ですね。若き神官と巫女さんにぴったりの飾りがありますよ」
と言って、物売りがかわいらしい飾りをいくつかならべます。しかも大体ナミたちの懐具合の見当をつけているのでしょうか。高くもなく、安っぽくもない飾りがナミの目の前にならびました。ナミは目を輝かせます。ナギのほうはというと、まったく興味がないのでしょう、無表情のまま、ほやーっとエーゲ海を見ています。

さんざん迷った末にナミが選んだのは、テノスきっての職人が作ったと物売りが言うポセイドンの三叉の矛とイルカをあしらった銀のブローチです。イルカの眼には小さなラピスラズリがうめこんであります。袋からアルテミスの絵札を取り出すと、物売りが満面の笑みをたたえたまま言います。
「その絵札にご利益があることをうたがっているわけではないんですがね。最近、かなり出回っていて、値くずれを起こしていましてねえ。最近はデロスの神官の方々が絵札をずいぶんと作っておられるようで。いえいえ、それ自体はいいんですよ。ご利益がよりたくさんの人に行きわたりますからね。でも、それ一枚ではねえ。へへっ、すみませんが、ほかのものはありませんか」
　ああ、そう言えば、いつかの会議でも絵札の作りすぎが問題になりました。絵札が増えればその分その価値も下がります。逆に物の価値は上がります。そのときはあまりよく話を聞いていませんでしたが、こういうところで自分の身にふりかかってくるとは思ってもみませんでした。物売りはナミが困ったような顔をしているのを見て言葉を続けます。
「たとえば、アポロンの絵札とセットならこの飾りとお取引させていただいてもかまいませんよ」
　ナミは思いついたようにナギのほうを見ます。それまでほやーっとしていたナギでしたが、自分のほうへ火の粉が飛んできたのを知り、あわてて手をふります。
「だめだめ。これはぼくが今夜葡萄酒を飲むためにとってあるものなんだから」

「えーっ。船倉にもどれば葡萄酒くらい見つかるわよ」
「だめと言ったらだめっ。それよりそっちのほうがいいじゃん。それならアルテミスの絵札だけで買えるでしょ」
「だめよ、こっちのほうが他にはなさそうだし、高いからいいの」
ナギの目が点になります。
「ふつう、安いからいい、って言うんじゃないの？」
「安物買いの銭失い、って言うでしょ。安いものは結局、飽きてしまうから、高いもののほうがいいのよ」

夕暮れどき、ふたりはまた船倉にもぐりこもうと船へ向かいます。アポロンとアルテミスの絵札と引きかえにエーゲ海の色を深くたたえたラピスラズリを手に入れたナミはほくほく顔です。
いまのうちに船倉にもぐりこんでしまおうと船に急ぐナギとナミの影が長く山がちなテノスの村に落ちます。今日も気の早い一番星が三日月といっしょに輝きはじめました。
「ほうら、アルテミスさまもよろこんでいらっしゃるわ。葡萄酒くらい船倉をさがせばなんとかなるわよ。わたしもさがしてあげるから」
「……」
明日はシロス島に向かいます。エーゲ海はシロスの北に太陽が沈んでいきます。明日もいい天気になることでしょう。

※

　つぎの日、船はテノス島を離れ、シロス島に向かいました。シロスに着くと商人たちはわれさきに船を降り丘の上の神殿に走るように登っていきます。それを見ていたナミが言います。
　「ずいぶん熱心ねえ。デロス島でもあれほど熱心ではなかったわよね」
　「なにせここは商売の神ヘルメスの島だからね」
と、ナギが説明します。テノスのときと同じように、乗客の後について何食わぬ顔で下船しようとしたふたりの前に男たちの影が立ちふさがりました。ナギとナミが顔を上げると、キケロスとニーモニデスが腕組みをして立っています。すぐ、まわれ右をして逃げだそうとしましたが、一瞬にして首ねっこを押さえられてしまいました。
　「こらっ、おまえたち。一体ここで何をやっているんだ」
　「追い返しますか？　あちらのほうでもふたりがいなくなったことを心配しているでしょうし」
　ナギが得意気に口をはさみます。
　「ぼくたちには家族はいないし、神殿には書き置きをしてきたのでだいじょうぶです」
　つぎの瞬間、ナギはキケロスの張り手をくらって横にふっ飛びました。
　ニーモニデスがききます。

「なぜ、デルフィに行こうと思ったのだね？」
　キケロスがそれをさえぎるように、ナギをにらみつけます。
「物見遊山に決まっているじゃないか。お前のやることにはうんざりしているんだ。どうせ、ナミをそそのかして連れだしたのもお前だろう」
　せりの一件以来、キケロスはナギを心よく思っていないのです。ナミがあわてて口をはさみます。
「違います。ナギはわたしをデルフィに連れていってくれようとして」
「巫女試験に落第したからだな」
と、キケロス。ニーモニデスがそれを制します。
「それはまたなぜだね？」
　もうかくしていてもしかたありません。
「人をさがしにです」
「人？」
「父です」
　それを聞いてニーモニデスは、はっとしたようにナミを見つめます。ついでキケロスのほうを向きます。
「デロスにもどる船はしばらくありません。かれらをデルフィに連れていきましょう」
　神官はそれからしばらく話しあっておりましたが、結論に達したらしく、キケロスが判決を言いわたすようにナギとナミの前に立ちます。

「ふたりをデルフィに同行することにする。ただし、われわれの身のまわりの世話をすべてしてもらう。要は奴隷だ」

※

　つぎの日、アテネに行く船はお休みとなってしまいました。
「この風雨では航海は危険だよ。とくにこのシロスからつぎの寄港地まではすこし距離があるからね」
「そうね。でも航海の途中で天候が変わらなくてよかったわよね」
「そうそう、そんなことにでもなったらポセイドンに生けにえとして、ぼくらも海に投げ入れられないともかぎらないしね」
「やだ。そんな縁起でもないこと言わないでよ」
　ナミはぶるっと身ぶるいしました。
　昼ごろ、風雨がすこし弱まってくると、財務担当の神官ニーモニデスはちょっと出かけてくると言って出ていきました。かれが行くのを見とどけたキケロスはふん、と鼻を鳴らして言います。
「あいつはヘルメスの神殿におまいりに行ったのさ。ついでにあそこの神官と酒盛りでもするんだろう。まったく、途中からやってきたやつはデロス神殿に対する忠誠心も何もありゃしない。きみたちもそう思うだろう」
　どうやら二人の神官の仲の悪さは建築と財務という職の違いのせいだけではな

さそうです。キケロスは子どものときからデロスの神殿で神官見習いとして育った生え抜きの神官です。そのかれから見ると、ニーモニデスのやっていること、考えかたといったものはまったく理解できません。

「財務担当というのは大体カネのあるほうならどこでも行く根なし草にお似合いの仕事だからな」

「でもあの人優秀なんでしょ」

「それにあの人、わたしたちのことをとてもかわいがってくれるわ」

それを聞いて、キケロスはむっとします。

「きみたちまでそういうことを言うのか。ああいう根なし草は愛想がうまいからな。能力は認めないでもないが、うちの神官長もどうかしているよ。われわれの仲間でも財務担当ができそうな人間がいなかったわけではないのに、外からあんなやつを引っぱってくるなんて。いまみたいに神殿運営がたいへんなときにたよりになるのは外からやってきた腰かけタイプの人間ではなくて、昔からデロスの神殿と命運をともにすると誓ってきた生え抜きなのさ。きみたちも、いざというとき組織を裏切るああいう人間のことをあまり信用してはいかんよ」

ナミはともかく、ナギは神官学校にも通っていないので、生え抜きとはとても言えません。キケロスは、ナギがいざというとき神殿に忠誠を尽くすと思っているのでしょうか。ナミはそっとナギの顔色をうかがいますが、その表情からは何も読みとれません。

午後になって、風雨もおさまりました。ナギとナミはさっそく散歩に出かけます。向こうからニーモニデスがやってきました。どうやらヘルメスの神殿で身を浄めてきたようです。
「やあ、きみたちも散歩かい。すこし、そこらで休まないか」
　3人はアゴラに行くと、葡萄酒とオリーブと魚の蒸し焼きをたのみます。魚の焼けるいい匂いに猫たちがよってきます。ここでは、犬は昼間はぐたーっと寝ころがっていて、猫たちのほうがよほど活発に動き回っているのです。とれたての魚はほおが落ちんばかりのおいしさです。オリーブをつまみながらナギがニーモニデスにききます。
「ねえ、なぜあなたはヘルメス神を信仰しているのにデロスの神殿につかえることにしたのですか」
「ああ、そのことならよくみんなにきかれるよ。わたしは神学を勉強する前は商売人だったんだ。で、わたしの神学の先生が元デロスの神官でね。たまたまデロスの神殿で勘定のできる人間をさがしていたときに紹介状を書いてくれて、行ってみたら雇ってもらえたってわけさ」
　ニーモニデスはそう言いながらナミを見ます。それには気づかないままナギがききます。
「デロスで満足ですか」
「うん、とりあえずは満足だよ。生え抜きの連中からは煙たがられていると思うけどね。きみたちも何かきいているだろう」

「あのう、失礼だとは思うんですが、やはり忠誠心という点で生え抜きのほうが優っている、というような声は耳にします」
と、ナギがおそるおそる言うと、ニーモニデスは気にしないというように手をふって葡萄酒をごくっと飲みます。
「その忠誠心というのは依存心と紙一重だとは思わないかい。キケロスはたしかに有能でデロスの要(かなめ)になることは間違いないが、他の連中はデロスの神殿がつぶれそうになったら、デロスを救うどころか重石(おもし)にもなりかねない。デロスがなくなったらかれらには行くところがないからね。その点、わたしは自分の職には忠実だが、組織への依存心はない」
その言葉は自分の腕一本でわたり歩いてきたニーモニデスの誇りの表れのようでした。ナミはすこし不安になります。
「デロスの神殿がつぶれることなんてあるのでしょうか」
「ありえない話ではないよ。いま、強大なアテネはデロス中心と称してデロス同盟なるものを組んでいるが、これは見方によっては、アテネが他のポリスを勢力下においたということでもある。そのアテネが軍資金をおいている場所がわれらのデロスだ。デロスの連中は自分たちに権力があるかのように思っているが、とんでもない幻想さ。アテネの気が変われば、デロスなんていっぺんにふきとんでしまうような小国だからね」
「ああ、そんなことにならないといいのだけれど」
「そう、今回のデルフィ行きの目的もそのあたりにあるのさ。それよりヘロド

トスには知らせてきたのだろうね？ なにせ、ナギの親代わりだからね」
 「ええ、デルフィに行く、とだけ書き置きをしてきました」
 「そうか。そういうことなら、わたしからも一筆書いておいたほうがいいだろう」
 ヘルメスの都にはようやく晴れ間がのぞいてまいりました。

※

 テノス、シロスの後もエーゲ海には島影が絶えることがありません。そして、3日後、アッティカの地が見えてきました。ナギがさけびます。
 「あれ、スニオン岬だよ。ほら、ポセイドンの神殿が建っているよ」
 「ああ、そうに違いないわ」
と、ナミも興奮気味です。心なしかイルカの数も増えたような気がします。
 船はゆっくりとアッティカ本土の沿岸を進みます。そして、ついにペイライエウスの港に着きました。旅の間に親しくなった人とお別れのあいさつをかわすと、デロスの神官一行は船を乗りかえて先を目ざしました。

 ペイライエウスの港を出ると、ギリシャ海軍がペルシャ海軍をやぶったあのサラミス水道を通り抜け、サロニコス湾をコリントスの地峡に向かいます。コリントスの地峡はペロポネソス半島とギリシャ本土とを結ぶ幅30スタディオンほど

の台地です。陸路でペロポネソスと本土の間を通るにせよ、ナミたちのようにサロニコス湾から反対側のコリント湾に抜けようとするにせよ、この地峡を通らなくてはなりません。この交通の要衝を占めるコリントスは栄えていました。ニーモニデスが教えてくれます。

「アテネが海に開かれ貿易で発展した国、豊かなメッセニア地方をおさえたスパルタがその農業力を背景として発展した国なら、コリントスは交易の十字路として発展した国だ。それぞれ、自分の持ち味を活かしたポリスが発展しているのだよ」

地峡の反対側で新しい船に乗ると、さらに数日かけてようやくクリサの港に到着します。ここから神託の町デルフィに入るというので、ナミとナギの身も引きしまります。奥にはかの有名なパルナッソスの山が雲をかぶっているのが見えます。

「お父さんが見つかるかもしれないね」

ナミはだまってうなずきます。

デロスが四方を海に囲まれ、空と海が果てしなく広がる開かれた聖地なら、デルフィは山に囲まれ、その向こうに神々の存在を感じさせる霊地です。そそり立つパルナッソスの山の中腹に断崖絶壁が二段になって見えます。その二段になった断崖の間、猫のひたいほどの土地にアポロンの神殿がそびえ立っておりました。

参道を上がっていくと、古今東西、商人にかなう者なしで、みやげ物屋が軒を

連ねています。売り子たちのけたたましい声から逃れるように神域に入ります。両側にはデルフィでよりよい神託を得ようと各国が寄進した宝物が目に入ってきます。等身大の銀製の牛の像やアポロンの銅像などがところせましとならんでいます。

　聖なる道をさらに上っていくと、大理石の建物が目に入ってきます。ギリシャの最強国アテネの宝物殿です。議事堂（ブーレタイオン）を過ぎ、すこし上るとついに着きました。アポロンの神殿です。二大聖地のひとつ、デロスからはるばるやってきた同格の神官とあって、ナミたち一行はデルフィの神官たちに丁重に迎えられます。神殿の中に招き入れられると、たとえ強国アテネの国使であっても一般の信者には決して見せない巫女ピュティアの間まで見せてくれます。デルフィの神官が説明します。

「巫女ピュティアはカスタリアの泉で身を浄めた後、月桂樹の冠をいただき、神殿に来て、ここにすわるのです。そして霊気を吸って恍惚状態となり、お告げを口走るのです。もっとも、実際には、ピュティアの意味不明の音声や動作をわれわれ神官が解釈し、詩の形で参拝者に伝えるのですがね。そうそう、そろそろつぎの神託が下されます。見学していきますか？」

　表には、たがいに争っている二つのポリスの使者たちが来ています。おたがいによりよい神託を得ようとたくさんの寄進をしたようです。神官たちは巫女のうわ言を聞き、その解釈を論じます。議長らしき神官が言います。

「この件、要は両国の間に広がる畑の取り分をめぐっての争いであろう。こん

なことは神託を仰ぐまでもなく、当事者で解決すればよいものを。で、おたがいの主張は何かな？」
　両国の使者から直接話を聞いた神官が答えます。
「大きなポリスは自分の所有権を主張し、小さなポリスのほうは、畑は半々に分けるべきだと主張しています。あ、あと、大きなポリスは金のヘラの像、小さなポリスは銀のレトの像を寄進いたしました」
「うむ、では、畑の配分を決めればいいわけだな。両者とも同じ文面でよいであろう。大きなポリスのほうがヘラで、小さなポリスのほうがレトを祀っている、ということか。では、このあたりが適当であろう」
と言うと、神官長はつぎのような作文をしました。

　　土地はより高き神に捧げ
　　恵みは神の子に等しく分けよ
　　神々は満ち足り　アレスは天上に帰らん

　これを聞くと、二つのポリスの使者たちは、その解釈をめぐってしばらく議論を続けていましたが、結局、神官とつながりのあるデルフィの神託の解釈師のすすめに従い、ヘラを祀っているポリスがその土地の中心部を領有し、その近辺の畑はヘラとレトの子どもの数により４対２、つまり２対１の割合で分けることで合意に達し、争いをやめました。

さて、いよいよデロスからの一行の番が回ってきました。このときはさすがに中に入れてもらえません。さきほど見学したときよりかなり時間がかかっています。ようやく、つぎのような神託をもらいました。

　　　神々の島の子らよ
　　　大いなる都に向かうべし
　　　力あるものに愛されるとき
　　　聖なる島にも栄光が訪れん

キケロスとニーモニデスが悩んでいます。
「ふうむ、この神託をどう解釈したものか」
　神官たちの議論を聞いていたナギが口をはさみます。
「『島』とあるのはデロスですね。『神々の島の子』ってぼくたちのことですよ。『大いなる都』はアテネのことですよね。ただ、『力あるもの』っていうのがわからないなあ。ゼウスかなあ、アポロンかなあ」
「うむ、そこなのだよ。『力あるもの』がだれなのか、それを神託は教えてくれないのだ」
「いずれにせよ、アテネに行け、ということですか」
　どうやらかれらのつぎの行き先が決まったようです。明日にでもアテネに向け

て出発する様子に、ナミは気が気ではありません。

※

　出発の朝、ナギとナミのすがたが見えません。キケロスはいらいらしながら言います。
　「あいつらときたら、いつも自分勝手な行動ばかりだ」
　そのころ、ナミはどきどきしながらナギに手を引かれるようにして神託をうかがいに神殿に上っていました。デロスの神官からの依頼だと思われたのでしょう。待たされることも寄進を要求されることもなく、神託所に招き入れられます。昔母親から聞いた話をすると、取りつぎの神官が別室に下がります。扉の向こうでは巫女の気配がします。心臓をばくばくさせながら待っていると、ようやく神官が出てきました。神託が告げられるのかと思いきや、明日の同じ時刻にやってこいとのこと。ナミは胸さわぎがしましたがどうすることもできません。ナギが支えるようにして、宿へもどりました。
　宿の前ではキケロスがこわい顔をして立っています。ナギがキケロスの顔を正面から見すえます。
　「理由があって神託をうかがいに行きましたが、今日は教えてもらえませんでした。どうか神託が下されるまでお待ちください」
　つぎの日、神殿に行きおうかがいを立てると、ふたたびつぎの日にやってこい

と言われました。ニーモニデスまで昼間はどこかへ出かけてしまい、キケロス一人がいらだっています。そんなことが一週間ほど続きました。キケロスはとっくにしびれをきらしています。
「一体、いつまで待たせるのだね。すぐにでも発ちたいのだがね」
ニーモニデスがなだめます。
「ここまで待ったのだからもうすこし待ちましょう。われわれもゆっくり休んで英気を養うこととしませんか？」

ニーモニデスがデルフィの町はずれのあばら屋を訪ねています。
「神官や町の連中に聞いて、ようやく見つけましたよ。ここに来るまでは、先生がほんとうに生きているか不安でしたよ。アテネの官憲につかまって、拷問を受けたということしか伝わってきませんでしたから」
「うん、おかげで目は見えなくなってしまったが、命だけはこのとおり、とりとめたよ。かれらも盲人には用はないと考えたのだろう」
「先生、それならもう子どもに名乗り出てもいいのではないのですか？　家族を巻きこみはしないか、という心配はもうなくなったわけですし」
「いや、とてもデロスまで旅をする力はない」
「そうおっしゃると思っていました。じつは先生のお子さんがいまデルフィに

来ているのですよ。われわれの侍従としてね」
　それを聞いて、盲目の神官は、かすかにふるえます。沈黙のまま時間がながれます。やがて、首をふりながら答えます。
「いや、盲目の父親など、いないほうがよい」
「あの子はそんな考えのせまい子どもではないと思います。気だてもよく…」
「気だてのよい子ならなおのこと。足手まといになるようなことはしたくない」
「相変わらず強情ですね。わかりました。名乗らなくてもけっこうです。ただ、ほかの神官は、あの娘が悲しむような偽りの託宣は下したくない、と言っています。やはり、先生が直接、託宣を告げるほかないと思います。神官長にはわたしから話しておきますから、よろしくお願いしますよ」

　さらに1週間ほどたったとき、ようやく神官が出てきて、神託を告げました。暗くて顔はよく見えませんが、心なしか声がうわずっているようです。

　　　パルナッソスの懐にいだかれて
　　　かの知者は安らかに眠る
　　　愛娘よ、大いなる都の宴に行きて
　　　その志を継ぐべし

　告げ終わると神官がゆっくりと手を上げます。ナミは吸いよせられるようにそ

の元へ歩みより、手に口づけをします。ナミがナギにかかえられるようにして去った後、
「あれでよかったのだな？」
とデルフィの神官長がききます。神託を告げた神官はそっとうなずきながらナミたちが神殿を後にする足音に耳をかたむけておりました。

　宿にもどると、ナギはお告げの話を伝えて、頭を下げます。
「ご迷惑をおかけしました」
　ようやくアテネに行けるというので、いらだちがおさまったキケロスが神託の内容を聞いて、ひざをぽんと打ちます。
「なるほど、『都の宴』か。それでわかった。前の託宣の『力あるもの』とはアテネ人のだれかのことだな」
　ニーモニデスも同意します。
「そうですね。アテネで力あるものと言えば、フィライオス家のキモンとアルクメオン家のペリクレスです。さて、そのどちらにわれわれの『神々の島の子』をやったものでしょうか？　ともかく、かれらに近づかないことには話になりませんね」
「そのとおりだ。まずはアテネに向かい、かれらに会う算段をしよう」
　つぎの日あわただしく身じたくをすると、ナミたち一行はアテネを目ざして、来た道をもどっていきました。

古代ギリシャを動かしたもの デルフィの神託

　古代ギリシャでは、大切なことを決めるとき、神のお告げを聞いてそれに従うことが慣わしになっていた。神のお告げを聞く場所（神託所）として最も有名なのはデルフィのアポロン神殿だった。
　アポロンのお告げは巫女ピュティアの口を通じてもたらされた。巫女は神殿に入る前にカスタリアの泉で身を清める。さらに泉の水を一口飲んで、予言の力をつける。そして、神殿の中央にある祭壇で、アヘンやひよす草などを燻した物の香りをかぐ。足下には大地の割れ目があり、火山性のガスが出ていた。巫女はそのガスを吸って半分失神したまま神がかりとなり託宣を告げた。それを神官が解釈して板に書きつけたのである。
　お告げの内容は直接質問に答えるものではなく、曖昧なものが多かったという。この神託伺いは日常の些細な悩みから、王や政治家への託宣もあった。神託伺いは口頭だったが、国家の意思決定など大きな問題については、文書を提出させ、祭司達の討議資料とされた。神託所は各国がもたらす情報に基づいて、より的確な判断ができたという。一種の情報センターのような役割も担っていたわけである。
　デルフィの神託の影響力はテミストクレスとクロイソスの話にうかがえる。ペルシャ戦争におけるアテネの指揮官テミストクレスは、サラミスでペルシャ海軍と戦うようギリシャ連合軍を説得する前に、アテネの評議会と民会を説得する必要があった。その事情を知った神託所はつぎのような託宣を出す。

Δελφοι

　　　　木の壁のみは汝とその子らを守ることであろう
　　　　馬蹄や歩兵たちが汝の地を踏み荒らす前に汝の敵から逃れよ
　　　　それでも敵と戦場にてまみえる日は来よう
　　　　おお聖なるサラミスよ、その地にて女たちの息子らは滅びん

　　テミストクレスは、「女たちの息子ら」をペルシャ方の将兵、「木の壁」を船と解釈し、説得に成功したのである。
　　クロイソスは前6世紀に小アジアにあったリュディアの王であり、大の神託好きであった。デルフィの「ペルシャに出兵すれば大帝国が滅びる」という神託を自分の都合のいいように解釈し、賢人の諫言も聞き入れず、ペルシャに攻め入った。そして、ペルシャに敗れ、自分の帝国を滅ぼしてしまったのである。

with kae kunishima

藤縄謙三
『歴史の父 ヘロドトス』

アテネ覇権のしかけ デロス同盟

　アテネがギリシャの覇権を握ったのはペルシャ戦争がきっかけであった。前499年のサモスやミレトスを含むイオニア地方の反乱を受け、アケメネス朝ペルシャのダレイオス1世はギリシャに侵攻した。しかし、マラトンの戦いにおいて、アテネのミルティアデスひきいる平民の重装歩兵が活躍し、ペルシャを破る。さらに、跡を継いだクセルクセス王が侵攻した前479年には、サラミスの海戦においてやはりアテネのテミストクレスひきいる軍船の漕ぎ手である無産市民が活躍する。以後、アテネが覇権を握るとともに、かれらの発言力が強まり、アテネは民主制へと進むのである。

　サラミスの海戦後、ペルシャの脅威を恐れたギリシャ諸国(ポリス)は、それまでの連合軍とは趣の違う同盟組織を作る。同盟諸国は艦隊と兵員を提供する義務を負い、それが無理な場合には年賦金を支払うこととされた。当時、力を持っていたスパルタなどは戦争の負担を軽減したいという欲求からアテネに同盟の盟主を譲り、自分たちは別途ペロポネソス同盟を結成する。

　同盟の指揮権はアテネの将軍が持ち、その軍資金金庫の管財人10名もすべてアテネ人であった。同盟本部・金庫は宗教的中心地デロス島におかれ、加盟諸国の代表会議は同島の神殿において開催された。このことからこの同盟はデロス同盟と呼ばれ、以後アテネの繁栄を支えることとなる。

　前454年、アテネは金庫をデロス島からアテネへと移す。それと前後して同盟資

$\Delta ε λ φ o ι$

金のアテネのための流用が行われる。具体的には神殿の建設、アテネ海軍力の強化などに当てられた。前449年ペルシャとの和約が結ばれた後もデロス同盟は解散することなくアテネの海上支配はいっそう強化されることとなる。

　年賦金の支払いが困難となった同盟国は次第に離反を試みるようになる。これに対し、アテネは同盟資金により強化した軍隊により、同盟国に侵攻し隷属国とした。前440年、同盟国の中でも強国のサモスに勝ったアテネは、そこに海軍基地を置き、東エーゲ海の制海権を強める。同盟諸国にはアテネの貨幣・度量衡を用いることを強制し、国家(ポリス)間の紛争はアテネの法廷で裁くこととした。デロス同盟の解散は前404年のアテネのスパルタに対する敗北まで待たなくてはならなかったのである。

with yoshihiko hogen and yasutomo yamada

Russell Meiggs
"The Athenian Empire."
古代アテネが現代アメリカとだぶります。

トゥキュディデス『戦史』
アテネがギリシャ世界の盟主から支配国家に変容していくさまを克明に記述。

力がものを言うのだ。……言っておくが、全人類のために何かをすることが悪い、というわけではない。しかし、それは、ある意味でつけたしである。

　　　　——ライス国務長官　『大統領選 2000：国益の促進』

第3章

宴
Συμπόσιο

一行の乗った船がアテネの玄関口、ペイライエウスの港にもどってきました。ここからアテネまでは徒歩でもう一息です。デルフィに行くときはほとんど素通りしてしまったのであまり気づきませんでしたが、ナギとナミはあらためて港の大きさにおどろいていました。大きな三段櫂船がところせましとならんでいます。埠頭にもひとがたくさんいます。デロスの島じゅうの人を集めてもこれほどにはならないでしょう。一体何人くらいいるのか見当もつきません。港ですらこのようなにぎわいですからアテネはどれほどのものなのでしょう。
「エーゲ海だけでなく、アドリア海の向こうのローマという辺境からも人がやってくるからね」
「さあ、今日はこの港でゆっくり休んで明日はいよいよアテネだ」

　つぎの日、一行はアテネに向かいました。いよいよ、見えてきました。これまで話に聞き、夢に見たあのアテネのアクロポリスです。たくさんの大工や奴隷たちがまるでアリのようにむらがっています。二人の神官がかわるがわる説明してくれます。
「アクロポリスの中枢パルテノン神殿の建設工事さ」
「時の人ペリクレスは私財を投げうってパルテノン神殿の建設を進めさせることにしたらしい」
「いや、そうじゃないでしょう。かれらがどこの金を使おうとしているかは、あなたも先刻ご承知でしょう」

「そうだった、そうだった。わたしたちはそれを阻止するためにここにやってきたのだったな」
　めずらしく二人の神官の意見が一致しています。ナギとナミにはかれらの目的がまだぼんやりとしかわかりませんが、ふだんは仲のあまりよくない二人が力をあわせて何か困難に立ち向かおうとして、しだいに心がひとつになっていくのが伝わってきます。
「うまくいくといいわね」
　ナミはようやく元気を取りもどしたようです。ナギもほっとします。
「うまくいくさ。デロスでもとびきり有能な二人が力をあわせるのだもの、百人力さ」

　デロス神殿からの使者ということで一行はアテネの有力者に丁重にもてなされます。ナギとナミはおろか連れてきた奴隷までもが厚いもてなしにほくほく顔です。バラの精油入りのお風呂で旅の疲れをとると、食べきれないほどの食事が供されます。
　ページ・ボーイがナギを訪ねてきます。いぶかしそうに出迎えたナギでしたが、話を聞くや顔がぱっとほころんでみなに報せます。
「ヘロドトスも数日前にアテネに到着したそうです」

歓待されて幸先がよいとよろこんでいたデロスからの一行でしたが、厚いもてなしを受けるばかりでアテネの要人には会わせてもらえませんでした。けんかはするけれども仕事となると真剣になるデロスの二人の神官はやきもきしています。
「なんとかペリクレスたちに会えないものだろうか」
　ナギが思いついた考えを口にします。
「ヘロドトスにたのんでかれらの宴に連れていってもらうのはどうでしょう」
「ん、またあの流れ者か」
と、キケロスは顔をしかめます。
「ほかにいい方法があるでしょうか」
と、ナギが重ねて言います。
「まあ、ここでこうして手をこまねいているよりはすこしでも目的に近づくほうがいいでしょう。ヘロドトスはなぜかペリクレスたちと脈を通じているようですからね」
と、ニーモニデス。
　キケロスもほかに手だてがないことはわかっています。ナギとナミがヘロドトスのところへお願いに行くことになりました。

　　　　　　　　　　※

　つぎの日、ヘロドトスがペルシャ軍とアテネを盟主としたギリシャ連合軍との

戦記を書いているところへナギとナミがやってきました。
「何を書いているの、ヘロドトス」
と、ナギがききます。
「ペルシャ戦役での連合軍の戦いぶりを書くことをアテネの人々にたのまれてね。それと、これまでの見聞とをつなぎあわせて探求(ヒストリアイ)という書物を書いているのだよ」
「ふうん。ぼくも読んでみたいな」
「読んでみるかい」
　サラミスの海戦の後、ペルシャの軍はまだギリシャに残っていました。そのペルシャ軍をギリシャから追いだし、サモスなどを開放したアテネの活躍ぶりを書いた部分をナギがとばし読みします。
　ナギは目を輝かせたまま、読み終えます。
「アテネというのはほんとうに蛮族ペルシャからギリシャを開放した自由の戦士だったのですね」
　ヘロドトスがそれを聞いて別の原稿を差しだします。
「蛮族ペルシャ？　きみはほかのギリシャ人同様、ペルシャ人を野蛮な連中だと思っているようだね。これを読んでごらん」
　今度はナミが読みます。

巻 1

　ペルシャ人は偶像をはじめ神殿や祭壇を建てるという風習を持たず、むしろそういうことをする者を愚かだとする。ペルシャ人は天空全体をゼウスと呼んでおり、高い山に登ってゼウスに犠牲をささげるのが風習である。祭をするものは自分個人だけのために幸せを祈ることは許されず、ペルシャ国民全体と国王の福祉を祈願する。

　ペルシャ人の酒好きはたいへんなものであるが、人前で吐いたり、小便をしたりすることは許されない。かれらは重要なことがらを酒を飲みながら相談する習慣がある。みなが酒の席で賛成したことをつぎの日しらふのときに確認し、賛成ということになれば採用し、そうでなければやめる。またしらふのときに相談したことは酒の席であらためて決めるのである。

　世界中でペルシャ人ほど外国の風習をとり入れる民族はいない。メディアの服が自国のものよりも美しいというので、それを着るし、戦争にはエジプト式の胸当てをつける。

　またペルシャでは、戦場での勇敢さについで、たくさんの子どもを持つことが男子の美徳とされる。子どもには、5歳から20歳までの間、3つのことだけを教える。乗馬、弓および正直がこれである。

　今述べたことはけっこうな風習であると思うが、同じくわたしがすすめたいのは、国王ですらたった一度の罪で人を殺すようなことがないこと、またその他一

般のペルシャ人でも、自分の召使を一度だけの過ちで傷つけるようなことは決してない、ということである。

　ペルシャでは、してはいけないとされていることは、口にもしてはいけないとされている。ペルシャで最も恥ずべきことは、うそをつくことであり、つぎには借金をすることである。借金をきらう理由はいろいろあるが、最大の理由は、借金をしたものはどうしてもうそをつくようになるからだという。

　ペルシャ人は川に小便をしたり、つばを吐くことはなく、川で手を洗うこともせず、また他のものがそのようなことをするのを見逃さない。かれらは川を非常に敬っているのである。

「ふうん。これだけ読んでいるとペルシャって、わたしが思っていたよりずっと文明国みたいね。でもこれってほんとうのことなの？」
「そこに書いたことはわたし自身の知識に基づくものだから確信をもって言えるよ」
「でもほかにギリシャとペルシャで決定的に違う点があるはずよ」
ナギが口をはさみます。
「君主制か民主制ってことかなあ」
「でも、スパルタには王さまがいるわ。それに寡頭制というものもあるわよ」
「そうは言うけれども、スパルタの王は2人いて、しかも絶対的な権限はないんじゃない。他の寡頭制だって貴族が好き勝手にできることはかぎられているよね」

ヘロドトスが言います。
「うん、いい点に気がついたね。重要なことは、主(あるじ)がひとりの王か民衆かということではなく、その国を支配する原理がどこにあるか、ということなんだ」
「というと？」
「今度はここを読んでごらん」
と、ヘロドトスが差しだしたのは、ペルシャ王クセルクセスがギリシャ遠征の途上で、元スパルタの王で当時クセルクセスの相談役となっていたデマラトスとかわした会話の場面でした。

巻 7

『デマラトスよ、そなたの出身地スパルタは決して弱小の町ではないという。そこではたしてギリシャ人どもがあえてわしに抵抗するか否か、申してみよ』
　このようにクセルクセスがたずねると、デマラトスは真実を述べてもいいかたしかめたうえで、つぎのように言った。
『それでは申しあげますが、他のギリシャ人はどうあれ、スパルタ人のみはどのように少ない兵力であってもかならず戦いを交えると存じます』
　これを聞いてクセルクセスが笑って言う。
『デマラトスよ、それらの者たちが一人の指揮官の采配の下にあるのでなく、ことごとくが一様に自由であるとするならば、どうしてこれほどの大軍に向かっ

て対抗しえようか。わが軍におけるごとく、一人の統治下にあれば、指揮官を恐れる心から実力以上の力も出そうし、むちにおどかされて数の不利にもかかわらず大軍に向かって突撃もしよう。しかしながら自由に放任しておけば、そのいずれもするはずがなかろう。わしの見るところでは、たとえ兵力が同じであったとしても、ギリシャ人はペルシャ人と戦うことはむずかしかろう』
　クセルクセスのこのような言葉に対して、デマラトスが答えた。
　『殿、かれらは自由であるとはいえ、いかなる点においても自由であると申すのではございません。かれらは法（ノモス）という主君をいだいておりまして、かれらがこれを恐れることは、殿のご家来が殿を恐れるどころではないのです。この主君の命じますことはつねに一つ、いかなる大軍を迎えても決して敵に後ろを見せることを許さず、あくまで自分の部署にとどまって敵を制するか自ら討たれるかせよ、ということでございます』
　デマラトスがこのように答えると、クセルクセスは笑ってそれを聞きながした。

「ふうん。よくわからなかったけど、スパルタ人ってそんなに強いの？」
と、ナギがききます。
「うん、まだ書きあげていないけれども、サラミスの海戦に先立ってなされたテルモピュライという地峡での戦いではレオニダス王にひきいられた300人のスパルタ兵が100万のペルシャの大軍を相手に奮闘したんだよ。スパルタ人部隊は玉砕したのだが、そのときの墓碑銘にこうある。

旅人よ、スパルタびとに伝えたまえ
　　　ここに掟に従いて
　　　果てしわれらが眠りてあると

とね」
　「そう、そこよ。『掟に従いて』というところが大事よ。さっきの文の『法(ノモス)という主君をいだいている』っていうところと響きあっているのではないかしら」
　「でも法(ノモス)って人じゃないよね」と、ナギが口をはさみます。
　「そこがきっと重要なんだわ。人が主君だったら、それが一人でも大勢でもその場の雰囲気とかでとんでもない決定をしてしまうかもしれないでしょ」
　「うーん。わかったような、わからないような。法(ノモス)が治めるか、人が治めるかってこと？　その法(ノモス)って、だれか人が決めたもの？」
　ここでヘロドトスが言います。
　「法(ノモス)を、一人であっても大勢であっても、だれかが『これが法(ノモス)です』と決めたものだと考えてしまうと、いろいろなものがうまく説明できないだろうね」
　「じゃあ、神さまが決めたの？」
　「そうとも言えない」
　「じゃあどうやって決まるの？」
　「われわれが生きるうえで何らか秩序(ノモス)は必要だ、という意見には賛成するかい」

「うん、混沌(カオス)の中じゃあ食事も安心してできないよ」

「そうだね。その安心して食事をしたいという人々の気持ちが基本だよ。その気持ちを基礎として、長い間つちかわれてきたやりかたとそのときの社会情勢、人々の規則を作ろうという努力があわさってできるのだよ」

「そうだとすると、長い間つちかわれてきたことはいいけれども、そうでないことはどうなるの？　たとえばこれまでにないような大きな戦争のときにどう決断するとか？」

「いいところに気がついたね。日常生活やポリスのふつうの手続きのときには広い意味での秩序(ノモス)が役に立つし、それを盾に権力者や民衆の横暴を食い止めることもできる。でも、戦争や外交で非常事態になったときには、秩序(ノモス)は混沌(カオス)にとってかわられることもあるし、権力者や民衆の横暴を容認するような秩序(ノモス)に変わってしまうこともあるのだよ」

ナギが急にあらたまった口調になります。

「じつは今日ここへ来たのは、秩序(ノモス)が混沌(カオス)にとってかわられるのではないか、ということを心配してのことでして」

ヘロドトスがそれを制します。

「知っているよ。アテネはデロス同盟の秩序(ノモス)をこわしはじめているようだね。明日の晩、アスパシアのところで宴があるからきみたちふたりを連れていってあげよう。ただその話をしたらだめだよ。それとあの神官たちを連れていくのは無理だよ。アテネの警戒の目が光っているからね」

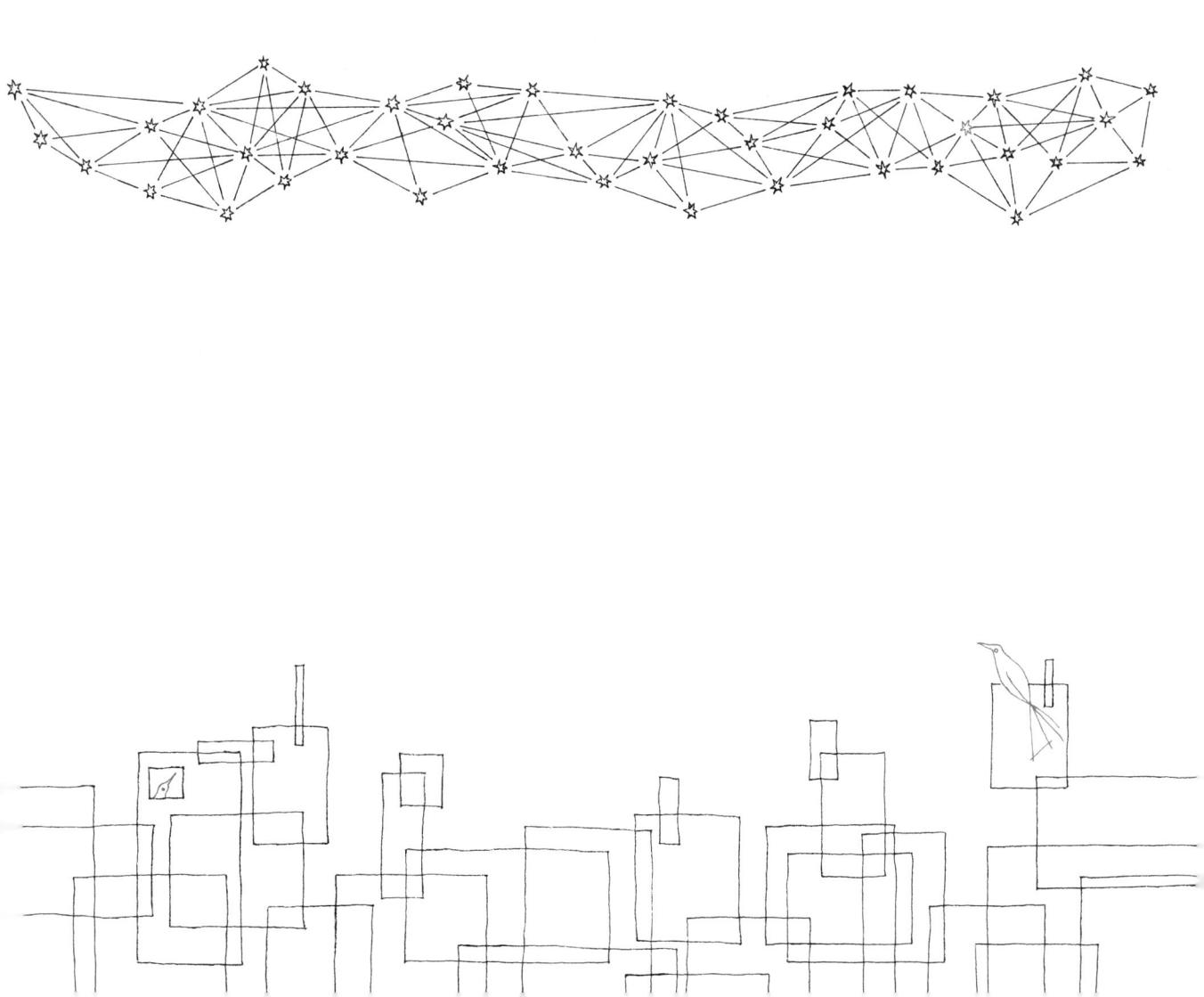

その晩、ナギとナミは自分たちに課された責務とアテネ随一のサロンに行ける興奮でなかなか寝つかれませんでした。

※

　つぎの日、ナギとナミはおめかしをして夕刻を待ちます。ナミは短めのマントルをはき、上にキトンをまとい、ベルトをきゅっと締めます。しあげはバラの精油です。やがてヘロドトスがふたりを迎えにやってきました。
　「やあ、待たせたね。さあ行こうか」
　留守番をする二人の神官に会釈をし、ナギとナミを連れて宿を出ました。ナミがめずらしく緊張しています。
　「今日の宴ってアテネのえらい人たちが来るのでしょう。やっぱりわたしたち、場違いではないかしら？」
　「あはは、えらい人と言ってもいろいろな連中がいるからね。そんなに肩に力を入れなくてもだいじょうぶだよ」
　細い小道を何度か折れ曲がるとようやく目指す家です。アテネ第一の政治家の妾の家と聞いていたのに、外見はそこらの家とたいして変わりありません。すこしたたけば穴が開きそうな土壁に質素な扉がついています。もっときらびやかな御殿のような家を想像していたナギとナミはすこし拍子抜けしてしまいました。ヘロドトスがそれに気づきます。

「質素な家だろう。世の中の中傷には尾ひれがつくものさ」

中に入るとにぎやかな声、というより激しい議論が聞こえてきました。
「すべては変わっていくのだ」
「いいや、その本質において、何も変わるものはない。モノはあるかないかのどちらかなのだ。モノは生まれたり滅んだりはしない。われわれはただ『ある』という事実を受けとめて、それについて何が言えるかを悟性(ロゴス)によって探求しなくてはならない」
　どうやらかれらは政治ではなく、ものごとの本質について語っているようです。歳のころ60すぎくらいの老人にくらいついているのは、20代の青年です。老人の弟子らしい壮年の男性が代わりにくらいついている青年を諭(さと)そうとしますが、逆に反論されてたじたじとなっています。
「ねえ、政治家の集まるサロンに来たんじゃないの？」
と、ナギが不思議そうにききます。
「あはは、政治家も哲学者もこの家では関係ないよ」
「あのご老人はだれですか？」
とナミ。
「かれはパルメニデス。あの壮年の男がゼノン。あっちのにぎやかな青年がソクラテスだ」
　南イタリアの国エレアのパルメニデスと言えば、当時の文明の最先端アテネに

も名の聞こえた哲学者です。
　「でも、あっちの元気のいいおにいさんもすごいね」
と、ナギがナミにささやきます。
　「あんな権威ある人に議論をふっかけているのだもの」
　ヘロドトスが笑います。
　「権威？　あまり意味のある言葉ではないな。きみは権威の前だとだまってしまうのかい」
　「え、でもやはり気おくれしてしまって」
　「ぶつかっていくのが若者の特権だと思わないかね。哲学はそれが許されている、というよりそれが必要なものでもあるのだよ。かれらは実際のところ知を愛する連中だからね。まあ、たしかにあのソクラテスという青年はすこし勝気なところがあるね。見ていてごらん。パルメニデスに諭（さと）されるぞ」
　ソクラテスがあまりに急いで結論を求めようとするので、パルメニデスが口を開きます。
　「ソクラテス、鍛錬をつまないうちに、はやばやと何か美や正や善や、それからイデアなどの問題をすべて解決しようとしてはいけないよ。それは、先だってもきみがここでほかの若者と問答しているのを聞いて気がついたのだよ。なるほどきみが言論へ突進するその熱心さは立派で神的だよ。しかし、まだ若いうちに、無用だと思われているものによって自分自身をやわらかくし、いっそうよく鍛錬をつむべきだ。でないと、真理はきみから逃れ去るだろう」

それを聞いていたヘロドトスがナミたちにささやきます。
　「いまパルメニデスが言ったことはとてもたいせつなことだよ。若いうちはとにかく頭をやわらかくして小さな問題を真剣に考えることからはじめなくてはならない、とわたしも思うのだよ。パルメニデス同様、わたしもよく見てきたものだ。あのソクラテスくらいの若者が天下国家やものごとの本質ばかりを論じたがり、他の問題に興味を示さず、その結果、中途半端で自分勝手な形でしか議論ができず、結局議論や理論が無意味なものだという結論に到達してしまったのをね。議論や理論が意味を持たないと言う人間はたくさんいるが、かれらは、意味のない議論しかせず、意味のない理論しか理解できなかった人たちなのだよ」
　「小さな問題を考えるほうがいいの？」
と、ナミがききます。
　「いやいや、小さいと思われる問題にも意外なおどろきや発見があるものだ。そういう知るよろこびそのものをたいせつにしなければならない、ということだよ」
　「でも大きな問題が目の前にあって気にかかっているのに、小さな問題ばかりで鍛錬していたらそれはそれで飽きてしまうのではないかなあ」
と、今度はナギ。
　「大きな問題意識があるからこそ、鍛錬も苦にならないということもある」

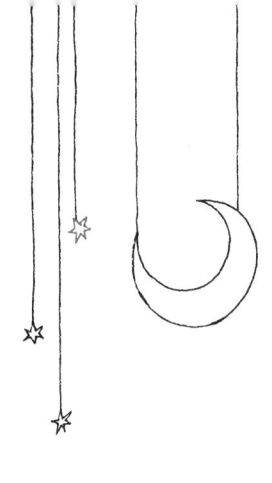

となりの部屋からホスト役のアスパシアと時の権力者ペリクレスが入ってきました。アスパシアの品のよい身のこなしが人々の注目を集めます。そばには女奴隷というにはこれまた美しい身なりをした女の子がつき従っています。ヘロドトスはそっとナギとナミを前に押しやります。アスパシアはさっとふたりに目をとめるとかれらのほうへ近づいてきます。その品のある美しさにナギの心臓はまわりに聞こえるかと思えるほどばくばく鳴り響きます。ああ、ナギはいままでの話も忘れて、もうだれの声も耳に入らなくなってしまいました。
「まあ、かわいらしいお客さまたちね。どちらからいらしたのかしら」
と、アスパシアがナギとナミをかわるがわる見つめながらききます。声も出ないナギに代わってナミが答えます。
「デロスの神殿からまいりました。こちらは神官見習いのナギ、わたしは巫女見習いのナミと申します」
「神官に巫女さんですって。まあ、なんてすてきなんでしょう。デロスと言えば、鶴の舞よね。一つ舞ってくださらない？」
　ナミが後ろをふり返ると、ヘロドトスがそっとうなずきます。アスパシアにつき従っていた奴隷の女の子が竪琴を手にとると、ナミがぼーっとしているナギをうながして、舞いはじめます。パルメニデスたちも議論をやめて、ふたりの舞に見入ります。

　舞が終わるとアスパシアがふたりをそばによびます。

「なんてすばらしいんでしょう。まるでテーセウスとアリアドネが現代によみがえったようよ」
　しばらく、鶴の舞の話で盛りあがった後、アスパシアがだれともなく言います。
「ごめんなさい。わたしのせいで話を中断させてしまったでしょう。何の話をしてらしたのかしら？」
「イデアの話をしていたのです」
と、ソクラテスが答えます。
「それにしても、イデアってどういうものなのかしら？　事物の本質とか、普遍の価値とか、理念とか、いろいろな説明がなされるけれども、わたしにはいまひとつわからないわ。そもそも、存在するものなのか、存在したとしてただひとつしかないものなのか、たくさんあるものなのか、そのあたりを知りたいわ」
と、アスパシアが問いかけると、ソクラテスが口を開きます。
「さすがにわたしの修辞学の先生です。いきなり核心をつく質問ですね。先生の前で恐縮ですが、こんな比喩で説明してみましょう」
と言うと、ソクラテスがイデアとわれわれの知る世界との間を比喩を用いて説明しはじめました。
「地下にある洞窟に住んでいる人間たちを思いえがいてみましょう。洞窟は円筒形になっていて、入口から光が差しこむようになっています。人間たちはこの洞窟の中で子どものときからずっと手足も首も縛られて洞窟の底を向いたままでいるので、そこから動くこともできないし、ふり返って入口のほうを見ることも

できません。
　この洞窟の外をときどき荷馬車や人などが通ります。その影が洞窟の底にうつり、囚人たちはその影だけを見て育ってきたのです」
　ナギとナミがかわるがわる言います。
「ずいぶん奇妙な囚人だなあ」
「ちょっとかわいそうね」
「そう。でも、ぼくらの人生によく似ていると思うよ。まあ、続けましょう。このとき、囚人たちは、自分たちの正面にある洞窟の底にうつる影のほかに何か別のものを見たことがあるでしょうか？」
「いいえ。ないと思います」
「そうすると、もしかれらがおたがいに話しあうことができるとしたら、自分たちが口にするものの名前が、まさに洞窟の底にうつる影の名前だと信じるだろうとは思いませんか？」
「そのとおりだと思います」
と、ナギ。
「こうしてこの囚人たちは、これらの影を真実のものと認めることになるでしょう」
　ここでソクラテスは一同を見まわします。みな、うなずきます。
「では、考えてみてください。かれらがこうした束縛から解放され、無知を癒（いや）されるということがどういうことか、ということを。

「かりにかれらの一人があるとき縛（いまし）めを解かれたとしましょう。そして、洞窟の外に連れだされて、あたりを見まわすように強制されたとしましょう。最初は目がくらんで何も見えないかもしれません。人によっては見ることそのものを拒否するかもしれません。

洞窟の外のものを見ようとすれば慣れが必要でしょう。しかし、やがてかれはこれらの光や実際の荷馬車などを見るにつけ、こちらが実体であり、洞窟の底で見てきたものは単なる『影』であったことに気づくとは思いませんか」

「そうですね。きっとそうなるでしょう」

「すると、どうでしょう。かれは以前『知恵』として通用していたもののこと、その当時の囚人仲間のことを思いだしてみるにつけても、身の上に起こったこの変化を自分のために幸せであったと考え、洞窟の中の囚人をあわれむようになるのではないでしょうか？」

「それはもうたしかに」

と、ナギが感心したように言います。ナミはすこししっくりとしないようです。

「そうかしら。自分を幸せと感じる人もいれば、いままで信じていたことがくずれてしまって気が狂ってしまう人もいるのではないかしら」

ナギがナミのそでを引っぱります。

「話の腰を折らない。ソクラテス、続けてください」

「洞窟にいたときは、かれらはおたがいの間で名誉だとか賞賛だとかを与えあっていたものでした。とくに、つぎつぎと通りすぎていく影を鋭く観察していて、

Συμπόσιο

その順番を言い当てたりする能力を多く持っているような者には特別の栄誉が与えられることになっていたかもしれません。この解放された者がそのような栄誉をほしがったり、それを持っている者をうらやんだりするでしょうか」

「いいえ、囚人のような生きかたをするくらいなら、どのような目にあってもかまわないという気になるでしょう」

「それでは、つぎに、この人が前にいたところに連れもどされて、ふたたび影しか見ることのできない状態になったらどうでしょう。そして、ふたたびずっとそこにいた囚人たちを相手にして、昔のように影を見ていろいろと議論しなくてはならなくなったとしたらどうでしょう。

そのとき、かれはきっと、まわりの囚人たちに笑いものにされ、へたをすると殺されてしまうとは思いませんか」

ナギがうなずきます。

「それでは、みなさん。いま話した洞窟の比喩のうち、洞窟をわれわれの世界、ないし『感覚によって知られる世界』とし、洞窟の外の世界を『思惟によって知られる世界』と考えてくれれば、わたしが言いたいと思っていたことを伝えられると思います。

これが真実か否かは神のみぞ知ることですが、わたしにはこう思えるのです。知的世界には、最後にかろうじて見られるかもしれないものとして、『善』のイデアがあります。いったんこれが見てとられたならば、この『善』のイデアこそはあらゆるものにとって、すべて正しく美しいものを生みだす原因である、とい

う結論に考えがいたることでしょう。すなわちそれは、『感覚によって知られる世界』においては、光と光の主を生みだし、『思惟によって知られる世界』においては、みずからが主となって君臨しつつ、真実性と知性とを提供するものであるのだ、と。そして公私いずれにおいても思慮ある行いをしようとする者は、この『善』のイデアをこそ見なければならぬ、ということもね」

　パルメニデスが口を開きます。
「すばらしい議論だね。しかし、『善』のイデアがあるなら、『悪』のイデアもあるのではないかね」
　アスパシアも言います。
「イデアがあるとすれば、いまの洞窟の比喩はイデアの説明として、とてもわかりやすいわ。でも、イデアがただひとつだけあるということは、その話では証明されていないような気がするのだけれども」
　ヘロドトスが言います。
「この比喩で、受けいれられた知というものをたえず疑ってかかる態度こそがたいせつだ、ということを言いたいのであれば、わたしはよろこんで賛成するよ。しかし、洞窟の比喩をイデアの正当化の話としてうのみにしてしまうのは危険だと思う。今度はこういう状況を考えてみたまえ」
　ヘロドトスはそう言うと、みなを中庭へと誘います。空には満天の星が輝いていますが、明るいところから急に暗いところへ移ったナギたちはそれがよく見え

ません。
「さあ、あそこに輝いている星だが、何色に見えるかね?」
ナギがいち早く答えます。
「うーん、灰色にしか見えません」
「ではすこし待ってみよう」と言い、しばらくして人々の目が暗がりに慣れてからふたたび同じ質問をします。
ナギがふたたび答えます。
「ああ、アンタレスだったのですね。火星に対抗するもの(アンチ・アレス)というくらいですから赤い星です」
「でもきみはさっき灰色にしか見えないと言ったよね。もう一回きこう。あれは何色の星かね?」
「目が慣れてからが本来の見えかたですから赤色だと思います」
それを聞いていたナミが口をはさみます。
「でも、『本来の見えかた』ってあるのかしら? 暗いところで目のいい人が見ると、アンタレスは赤く見える、というのが正しい言いかたで、アンタレスは赤い、というのはそれを省略して言っているような気がしてきたわ」
「そう。これほど簡単なものですら見るものと見られるものとの関係がたいせつだということだよ」
「そうだとすると、わたしたちがふだん何気なく使っている、あの人は悪い、とか、ペルシャやフェニキアとかの慣習はおかしいという言いかたなんてすごく

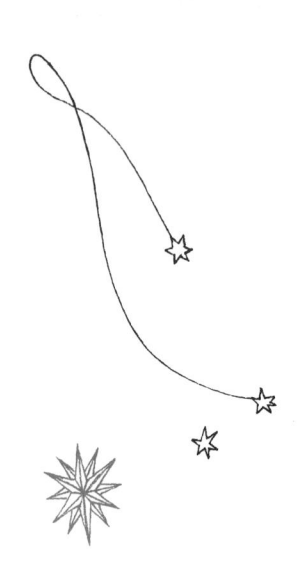

心もとないものということになるのかしら」
 「うん、こと慣習にかけてはほんとうに望ましいものがあるかどうかすらわからないね」
 今度はナギが言います。
 「でも、それならある土地の慣習というものは、その土地の人が認めてさえいれば望ましいということになるのですか?」
 ヘロドトスが答えます。
 「いや、そんなふうに早急に結論づけてはいけないよ。いくらたいまつを近づけてもアンタレスがベガのように青くは見えないように、いろいろな角度から見ても望ましくない慣習というものも世の中にはある。『探求(ヒストリアイ)』ではそういうものについてもふれようと思っている。ただ、それよりもたいせつなことは、つねにものごとを吟味する心がまえであって、その点についてはプロタゴラスもソクラテスもわたしもそれほど異なることを言っているわけではないのだよ」
 ここで、ソクラテスが割りこみます。
 「見るものと見られるものの関係がたいせつだということはおっしゃるとおりです。つまり、この女の子が言った『暗いところで目のいい人が見ると、アンタレスは赤く見える』という表現は適切でしょう。しかし、そのお話はわたしのイデア論に反ばくするどころかそれを強めているように思えるのです。星を見る際には、その本来のすがたを見るための望ましい見かたというものがあり、それを見る側にも『目がいい』という望ましい能力があることが必要であるというのが

ここでの主張です。目はいいのだけれども、暗いところにいないために星が見えない者は、暗いところに連れていかなくてはなりません」
　ナミがききます。
「では、目が悪い者はどうすればよいのですか」
　ソクラテスが答えます。
「目が悪い者を暗がりに連れていっても星の色が見えるようにはならないでしょう。そのようなむだな努力はやめるべきなのではないでしょうか」
　ナミがすこし興奮して言います。
「でも、それは現在行われている医術を否定するような意見だわ」
　ソクラテスが答えます。
「現在行われている医術は邪道なのですよ。医術の神アスクレピオスは、もともと健康で治る見こみのある人々には医術をほどこし、病気を追いだす努力をしたけれども、内部のすみずみまで完全に病んでいる身体に対しては、養生によって惨めな人生をいたずらに長引かせようとは試みなかったし、同じように病弱に違いないかれらの子どもを産ませなかったのです。さだめられた生活の過程に従って生きていくことのできない者は、当人自身のためにも国のためにも役に立たない者とみなして、治療をほどこしてやる必要はないと考えたのです」
「ふうん、アスクレピオスって医者でありながら、国家のことを真剣に考えていたのですね」
と、ナギが感心したように言います。一方のナミはどこかすっきりとしません。

「でも、それって国家のことしか考えていないような気がするわ。ひとりひとりが幸せにならなくちゃ国家なんて意味ないじゃない」
　ナギが言います。
「そんなこと言ったって、病人ばかり増えてしまったら国家は滅びてしまうよ。そうなったら一人一人の幸せどころかだれの幸せも得られないじゃないか」
　ナミが言いかえします。
「そのくらいで国家が滅びるものですか。国家が滅びるという言葉の下に支配集団の横暴が行われてきたのだわ。それは独裁国家だろうと、民主国家だろうと同じよ」

※

　ナミはヘロドトスにききます。
「イデアの存在について、あなたはどう思うのですか、ヘロドトス」
「わたしが東方を旅したとき、あるところで『一水四見』という言葉を聞いたことがあるんだ」
「いっすいしけん？」
「一つの水にも四通りの見かたがある、ということだ。わたしたちが水と見るものも、天上人は宝石の大地と見、東方に伝わる餓鬼なるものは血の河と見、魚は住居と見る。同じ水でも立場が異なれば、とらえかたも異なるということだよ。

ある人が善美のイデアと思っているものも、別の人にとっては悪のイデアに見えるかもしれないわけだ。たとえば、アテネの民主制を考えてみよう。きみたちはこれをどのように見るかね」

「市民があまねく平等に民会に参加して、多くの人の意見を取り入れるすばらしい制度だと思います」

と、ナギが割って入ります。

「市民が多く参加する政体であることには間違いない。しかし、ほんとうに万人にとってすばらしいポリスであろうか」

「アテネの民主制が世界中に広がればみんなが幸せになると言われています」

「みんなってだれだい？ それを言っているのはだれだい？」

やわらかい口調でしたが、きびしい質問にナギは答えられません。

「みんなというのはアテネ市民で、それを言っているのはここの主人ペリクレスたちではないのかね？ もちろんかれはわたしの友人だし、すばらしい政治家だ。しかし、奴隷もアテネ民主制がすぐれていると思っているだろうか？『みんな』とか『言われています』といったような言葉で自分の心の鏡をくもらせてはいけないよ」

「え、でも奴隷は『もの言う道具』と呼ばれているように、感情もなく、幸せとは無縁のモノなのではないでしょうか」

と、ナギがおどろいたように言います。

「では、戦争に敗れて奴隷となったポリスの住民たちはどうかね。かれらは奴

隷になる前から感情のない道具だったのかね。それとも、奴隷になってから感情を失ったのかね」
 「そ、それは……」
 「でも、それとイデアとどういう関係があるのですか？」
と、言葉につまったナギに代わってナミがききます。
 「うん、政体のイデアを追求していった結果たどりついたのがアテネ民主制だという考えがアテネ市民の間に広がりつつある。もちろん、これは若いソクラテスが追い求めるイデアとは同じものではないがね。あまり考えもせずに早急に結論を求める人々——困ったことにかれらは善人なのだが——かれらは、この理想的なアテネ民主制を世界に広めればそれだけ人々が幸せになる、と信じているんだ。相手のためになるからという理屈でやっている親切の押し売りはかならずしも相手を幸せにするとはかぎらないのだよ」
 「相手のために何かしてやるのは悪いことなのですか？」
と、ナミがききます。
 「いや、何が相手のためになるか、十分考えなくてはならないということだ。たとえば、きみたちの大好きなイルカだが、冷たい海の中にいるからといって、陸にひきあげて毛布をかぶせたりしたらどうなる？」
 「それはたちまち死んでしまいます」
 それを聞いてナギがうなずきます。
 「なるほど、その話はよくわかります。ぼくもデロスで親がいなくてかわいそ

うとか、学校へ行けなくてかわいそうとか言われたし、中には、親切心からぼくをサモスに送り返してくれようとした人もいたくらいだからね。でも、ぼくにはヘロドトスという先生がいたし、ナミという友だちもいたから、同情なんて的外れだと思ったもの」
　「そうだね。相手の立場や考えかたを無視して自分の理想を押しつけようとすると、かえって相手を不幸にしてしまうこともあるのだよ。強いポリスの人は自分たちが強いのは自分たちのやりかたがすぐれているからだ、と考える。だから自分たちのやりかたをまねることが相手にとってもよい、と考える。それがかならずしも相手のためになるとはかぎらないのだよ。アテネの政体はすぐれていると思うが、やはりピンダロスが言うように『慣習は万物の王』であって、それを無視して民主化を進めようとすると、混乱が生じてしまう。以前、『健全な利己心』の話をしたよね。その意味では、自分の理想を押しつけようとする試みは、『不健全な利他心』となって相手を傷つけてしまうこともあるわけだ」
　「そうか。相手のためによかれと思っても、かならずしもそうはならないのですね。うーん、そうなると、あなた自身が以前言っていた『健全な利己心』では不十分ということですか？」
と、ナミがヘロドトスにききます。
　「そのとおりだ。そこが経済(オイコノミコス)のありかたと政治(ポリテイア)のありかたの違うところなのだよ」
　ナギとナミは、

「『健全な利己心』と『不健全な利他心』、か」
と、異口同音につぶやきました。と、そのとき、
「その『一水四見』という言葉ですが、わたしは違うとらえかたをします」
と、ふいに声がして、ヘロドトスは思わずふり向きます。そこには一人の男がしずかに立っておりました。以前デロス島を訪れたことのあるプロタゴラスです。今日はあのぞろぞろと続く弟子の群れも連れておりません。
「ヘロドトスどの、久しぶりです。いつぞやはたいへん失礼をいたしました」
「これはプロタゴラスどの。せっかくお訪ねいただいたのにこちらこそあまり踏みこんだ議論もいたしませんで。それより、いま言われたことをもうすこし説明していただけないでしょうか」
「ええ。同じ水でも立場が異なればとらえかたが異なる、と言われましたが、その『同じ水』というものは、じつは存在しないのではないでしょうか。水はあくまでもわれわれの心の中での現れかたにすぎないのではないか、と思うのですが」
ヘロドトスは、
「そうかもしれません」
と答えると、じっとプロタゴラスを見つめました。そばで聞いていたナギとナミには何のことかさっぱりわかりませんでしたが、『一水四見』という短い言葉ですら、いろいろなとらえかたがあるのだということはぼんやり感じました。プロタゴラスは、言葉をついで言います。
「いや、また失礼いたしました。今日は議論をふっかけるつもりでこちらにま

いったわけではございません。あれからいろいろと考えさせられました。じつはまたお目にかかる日を楽しみにしていたのです。ご相談させていただきたいこともございますし」

「プロタゴラスどのからご相談とは、またどのようなお話でしょう。わたしが何か意見を申しあげられるとも思えませんが。すばらしいお弟子さんもたくさんおられることですし」

「いえ、それを言われるとお恥ずかしいかぎりです。あなたにお会いした後、弟子たちにはすべてひまをやりました。自分たちの足で立ってみろと。そして、わたし自身も弟子にたよらず自分で立てるようにと」

「そうでしたか」

ヘロドトスの目が一瞬光ります。

「じつはペリクレスがかねてから進めていた植民地の計画が本決まりになりましてね」

「ほう、そうですか。で、場所は？」

「南イタリアのシュバリスというところです」

「あそこはたしか、だれも住んでいない廃墟だったはず」

「ええ。まさにそこがポイントです。アテネにしてもペルシャにしても争いはもうたくさんです。新天地ですべての人々を市民として受けいれる新しいポリスを作る。そのためには廃墟を利用するのが手っとり早いと思いまして。名前もトゥリオイと改名されることになっております」

プロタゴラスにはかつてのようなおごり高ぶった態度は見られません。ヘロドトスもぐっと身を乗りだします。
　「ペリクレスにたのまれてトゥリオイの憲法をさだめることになったのです」
　プロタゴラスはあくまでもしずかに語ります。生まれ変わった一人の高名な学者のすがたをそこに見るようでした。
　「もちろん報酬としていただくものはいただきます。そのことを批判している人々がいることは承知しております。しかし、だからといってわたしのやろうとしていることが低俗だとか、夢がないということにはならないと信じております」
　「それをわたしに言われる必要はありません。わたしもアテネから身に余る報奨金をもらい、金目あてにアテネよりの話を作っている、といつも言われ、にがい思いをしておりますゆえ」
　プロタゴラスはうなずくと先を続けます。
　「そのポリスは民主制ではあってもアテネとは違うところにしたいと思っています」
　「と言いますと？」
　「アテネはいま、市民の数を抑制するために極端な制約をもうけています。在留外人(メトイコス)同士の子どもどころか、市民と在留外人(メトイコス)の子どもでさえ市民にはなれません。市民の純粋培養です。これでは、ポリスの活力は長期的には衰えてしまいます。一定の貢献をなせばだれでも市民になれるような国作りがしたい。そのた

めの法整備をしたいのです」
「住みやすいポリスになりそうですね」
「そこで、です。無理にとは言いませんが、ヘロドトス、あなたにもぜひ植民団に加わってほしいと思っています。もちろんれっきとしたトゥリオイ市民として」
「ええ。わたしもアテネ人からいろいろ言われないところで『探求(ヒストリアイ)』を完成させたいと思っておりました。その話、ぜひ実現させましょう」
二人は百年の知己を得たように、熱心に語りあいました。

※

そのころ、ペリクレスとその友人たちのほうは、パルテノン神殿造営について議論をしていました。ペリクレスが言います。
「神殿の造営は神聖な行為であり、公共の福祉に資するものだ。しかし、それだけが今回の大公共事業の意義ではない」
「と言うと？」
「今回の事業では、アテネの市民の中でも比較的貧しい者たちに優先的に仕事をまわすつもりだ。そうすることでアテネはますます栄えるだろう」
「そして、ペリクレス、きみは直接民主制のこのアテネでゆるぎのない地位を固める」
と、友人の一人が冗談めかして言います。別の友人がききます。

「そううまくいくだろうか。神殿造営を進めれば、アテネ市民や奴隷の労働力がそれにとられる。そうなれば、民間の活動はにぶり、日常生活にも影響が出てくるぞ」

「そうだ。神にカネを出せば、パンを買うカネが減るのは理の当然だ」

「きみたちの言うのは、みながすでに十分働いている場合だろう。そのときにはたしかに公共事業に人や資金をまわせば、民間の活動が衰える。しかし、アゴラを見てみたまえ。ペルシャとの戦争が終わって戦後処理が一段落してからは、ろくに働きもしない貧しい者たちがいつもたむろしている。仕事がないから奴隷たちもぶらぶらしている。こういうときこそ神殿造営という仕事を作りだしてみんなが働けるようにしなければならないのだ」

「しかし、財源はどうするつもりだ？ この前の演説では、自分のふところから出すと気前のいいことを言っていたが、それではおまえが破産してしまう。そうなれば敵の思うつぼだぞ」

「かと言って、アテネの財政はかぎられている。借金も限度があるぞ」

「それはわかっている。供出金の増額や借金にはアテネの金持ちが承服しまい。供出金を払うのは主として金持ちだし、借金にしたところで、将来それを返すのはかれらだからな」

「じゃあ、一体……？」

そこで一段声が低くなります。

「デロス同盟の資金を使おうと思っている」

「えっ、デロスの金に手をつけるのか？」
と、思わず一人が声をあげます。
「しっ、声が高い」
　アテネの民主制はアテネ市民のためのもの。そこにはデロス同盟諸国の人々は勘定に入っていません。デロスの神官たちの懸念はどうやら当たっていたようです。しかし、ナギはアスパシアの魅力にめろめろになって情報収集どころではありません。ナミだけがアスパシアとほほえみを交えて会話しつつ、必死にペリクレスたちの言葉を拾っていました。

※

　宴がおひらきとなり、ナギとナミが帰った後、アスパシアがペリクレスに言います。
「あのナミっていうデロスの娘、とてもかしこいわよ。別の話にきちんと相づちを打ちながら、あなたがたの会話を聞いていたわ」
「デロスの娘に話を聞かれたとなると問題だな」
「でも、だいじょうぶ。ちゃんと手は打ってあるわ」
　それを聞いて、アスパシアを信用しているペリクレスはすこし安心しましたが、それでもなおききます。
「しかし、デロス同盟の金を使うことがばれたら困るだろう」
「もうばれているわよ。だからデロスの中でも有能な神官がわざわざアテネに

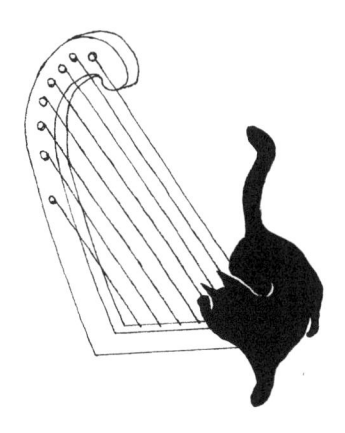

来たのよ。それにばれたとして、同盟国はどうするの？」

「そ、それは一致団結してアテネに反抗するとか……」

「心配性ねえ。こんな話を知っているかしら？ アテネの商人がサモスとロドスの商人から宝石を一つだけ買おうとしていました。サモスの商人はそれは豪華なラピスラズリの首かざりを、ロドスの商人はそれに負けないくらいの黄金の首かざりを持っておりました。市場ではおそらくどちらも 10 ムナくらいで売れるでしょう。それに対して、アテネの商人なら特別にひいきにしている客に 30 ムナで売れそうです。それぞれの売り手はだから 20 ムナを要求しました」

「それはそうだ。10 と 30 の中をとって 20 ムナというのは道理だな」

「しかし、交渉の結果、アテネ商人はサモスの商人から 12 ムナでラピスラズリの首かざりを買いとることに成功してしまいました」

「うむ、そう言われるとそれも当たり前だ。サモスの商人とロドスの商人を競わせて、そこまで下げてしまったのだな。しかし、愚かな売り手だ。わたしがサモスの商人なら売り手同士で結託するね。そして、20 ムナでラピスラズリを売り、交渉に加わらなかった謝礼としてロドスの商人に 5 ムナを払うさ」

「それもかしこいあなたならできたかもしれないわね。でも、ほかにも売り手がいたらどうしますかしら？ キオスの商人、アエギナの商人、などなど。いちいち売り手同士で結託できますかしら？」

「ふうむ」

「それに、そのくらい売り手が増えてくれば、その一角をくずすくらいわけの

ないこと。みなさん、ご自身のことがかわいいのですから」
「わかった。しかし、この話とデロス同盟の話はすこし違うぞ」
「あら、どこがかしら？ 買い手がいないと売り手は何もできないわよね。アテネがいないと他の同盟諸国が何もできないように」
「なるほど、それはそうだ。同じように、売り手がいないと買い手は何もできないわけだ。アテネ一国では何もできないように。しかし、アテネは同盟国すべてを必要としているわけではない。うん、だんだんわかってきたぞ。まだまだ同盟国から軍資金を集められそうだね。きみにはまいったよ」

※

　ヘロドトスは、それからもときどきナミとナギを誘いにきては、アスパシアのサロンに連れていってくれました。またあるときは、ペリクレスの政敵であるキモンの元に連れていかれたこともありました。フィライオス家はスパルタびいきで知られていました。その家長キモンは、宴を開いては気前よく客たちをもてなしておりました。
　ナミの才気にすっかり感心したアスパシアは、ヘロドトスを介してナミの教育を申し出ます。デロスの神官たちは神託のとおりにことが運んでいることに気をよくし、ふたつ返事でナミをアスパシアにあずけることとしました。
　一方のナギはキモンの姉妹のエルピニケに気に入られたこともあって、フィラ

イオス家で見習いをつとめることになりました。
「しばらく、離ればなれになっちゃうね」
「エルピニケにかわいがってもらえば」
と、ナミは素っ気なく言います。エルピニケが奔放な女性であることはナミも聞き知っていましたが、もちろんそんな心配は口には出しません。

　情報が漏れてもかまわないと思っているのでしょうか。ナミもナギも自由な時間はたくさんもらい、ニーモニデスたちに連絡をとることができました。デロス同盟資金の流用、サモスの締めつけ、デロスの完全統治や浄化などの情報がつぎつぎに入ってきます。
「くそっ。これが偉大な民主制か。ただの汎アテネ主義じゃないか。それにしてもこの『浄化』というのはなんだ？」
「デロスの完全統治の話では神殿の神官もアテネの任命制にしようという案が出ています。また、浄化というのは、一度デロスの住民を立ち退かせて、浄めの儀式を行う、ということのようです。くわしいことはわかりませんが」
　ナミたちが持ち帰ってきた断片的な情報だけでもデロスの神官たちが自分たちの懸念を確信に変えるには十分でした。
「ともかく、急いでデロス同盟諸国の使者たちにつなぎをつけなくてはなりませんね。幸い、すこし使者たちの居どころがわかってきましたから」
「よし、手紙を書くこととしよう」

デロス同盟盟邦の諸君へ

　ペルシャ戦争終結後、来るべき第三次大戦へ向けて、われわれが資金を供出してこれに備えたことはみなさまもご承知のところであろう。このデロス同盟の資金が軍備を増強するアテネの管理化に入って久しい。
　われわれは平和をアテネの軍事力にたより、戦闘員を供出するかわりに非戦闘員や援助金を供出してきた。これはアテネがギリシャ世界全体の安寧を第一義と考えるかぎりにおいて、正しいやりかたである。
　しかし、今や強大になったアテネは、われら盟友の意思を無視してギリシャ世界に君臨する独裁国家たらんとしている。アテネは意に沿わない同盟国を威嚇し、ときにはその国を守るためと称して軍勢を派遣し、駐留させることで同盟国への支配を確立させつつある。
　アテネは民主的な国家であり、独裁国家にはなりえないと主張する者もいる。しかし、それは、重要な点を見落としている。たしかにアテネは民主的な国家である。国の官吏もごく一部を除き、くじで決めるほどの徹底ぶり。これほどの民主制は未来永劫二度と現れないと言っても過言ではない。しかし、ある国家が内部の制度として民主的であるということと、その国が外に対して民主的に振る舞うということは切りはなし

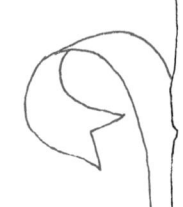

て考えなくてはならない問題である。

　アテネの民主制はアテネ市民のためのものであって、われわれデロス同盟諸国の市民のためのものではないことは明白である。

　その証拠にかれらは、いまもまた、デロス同盟の資金を取りくずして、パルテノン神殿の建築という自国の公共支出に用いようとしている。これは、われわれ同盟国に対する裏切りである。

　このようなアテネの横暴を見すごせば、近い将来、われわれはペルシャの奴隷となる代わりにアテネの奴隷となるであろう。そのとき後悔することとなってももはや手遅れである。アテネ内部にも心ある人々はいる。かれらと結べばペリクレス一派の野望をくだくことも可能となる。敵はアテネではない。アテネを食いものにしようとしている一部の独裁者の一派なのだ。われわれの声はアテネのためにもなるのである。

　諸君らの賢察に期待する。一致団結してアテネの非をとがめようではないか。

　　　　　　　　　　　　　　　デロス島デロス神殿神官　キケロス
　　　　　　　　　　　　　　　　　同　　　　　ニーモニデス

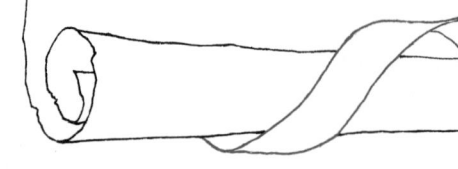

つぎの日、達筆の奴隷たちと手分けしてこういった手紙を何通か書くと、二人の神官はナギやナミ、それに奴隷たちを集めてこと細かく指示を与えました。かれらは闇にまぎれてアテネの街へと散っていきました。

　ナギとナミは、まずニーモニデスの故郷サモスからの使者に面会を求めます。取りつぎにデロス神殿からの使いの者だと告げて、しばらく待っていると応接の間に招じ入れられます。そこには、ひげをたくわえた一人の男がすわっています。男は愛想よく立ち上がるとふたりをカウチにすすめながら言います。
　「ご用件は何でしょう。わが同郷のニーモニデスは元気ですかな」
　ナギとナミはひととおり、アテネとサモスの偉大さとデロス同盟の重要性を述べた後、手紙をわたします。すると、男はしばらくそれを読んでいましたが、ナギとナミのほうを向きます。
　「ペリクレスとその一味がこのようなたくらみをしていることはわれわれも知っています。アテネがデロス同盟の資金を流用するのを防ぐ何かよい手だてはありますかな」
　ナギが答えます。
　「そこに書いてあるように、ペリクレスに反対する良識ある人々はアテネにもたくさんいます。かれらに働きかけ、われわれデロス同盟諸国がそれを後押しすれば、かならずやペリクレスたちの野望はくだかれると思います」
　「ふむ。それはなかなか妙案ですね。しかし、そのようにうまくいきますかな。

アテネは民主的な国です。市民はペリクレスのたくらみを歓迎こそすれ非難はしないでしょう。少なくとも政敵以外は」
「そうでしょうか。同盟国との関係が悪化してしまえば、デロス資金で一時的に潤っても元も子もありません。そのことは市民もよくわかっています」
サモスの使者はそれをさえぎります。
「パルテノン神殿造営にデロス同盟資金を使う。けっこうなことじゃないですか、アテネ市民にとってはね。わたしはね、民主制をあまり信用していないのですよ。とりあえず仕事があって、ときどき楽しいことがあれば、他のことは二の次になります。同盟国との関係の重要性を認識しているのはごく一部の人間でしょう。それに同盟国なんてしっぽをふって後をついてくる犬のようなものですよ。転覆なんてとんでもない。それこそ主人にかみついた犬と同じで、たんまりムチで打たれるのが落ちですよ。アテネに反抗するのはご免ですね。あなたがたのお役に立てなくて申し訳ないが」
と言うと、サモスの使者は手紙を返しながら、ふたりの帰りをうながすように席を立ちました。

　サモスは比較的大国ですから使者も自分の意見を言ってくれましたが、他の国となると、アテネににらまれたくないと言ってそもそも会ってくれなかったり、本国の指示を仰がないと何も答えられないといった調子でまったく相手にされません。

ふたりは首尾があまりに悪いのでがっかりして宿を後にします。と、そのとき暗がりの中に影が浮かびあがります。ふたりが身がまえたそのとき、影がささやきました。
　「明け方まで宿にもどってはいけない」
　影はそう言うとすーっと闇の中に消えていきました。ナミはどこかで聞いた声だと思いながらも、それがどこかはどうしても思いだせませんでした。
　男の言うとおり、明け方まで待って宿への道を歩いていると、奴隷たちが宿のほうから転がるように駆けよってきます。
　「ああ、だんなさま方は役人に連れていかれてしまいました」
　ナギとナミは顔を見あわせます。
　「だんなさま方は役人に見はられていて指示を出す間もありませんでしたが、おそらくおふたりにはここに残ってほしいと伝えたかったのではないかと存じます。最後に一言、『子どもは殺されはしまい』とささやいていましたから」
　「え、ニーモニデスとキケロスは殺されてしまうの？」
と、ナミが思わずききます。
　「さあ、それはわかりません」
　ふたりは意を決します。残った奴隷になんとかデロスの神殿に連絡をとるよう言うと、それぞれフィライオス家の邸宅とアスパシアの家へと向かいました。

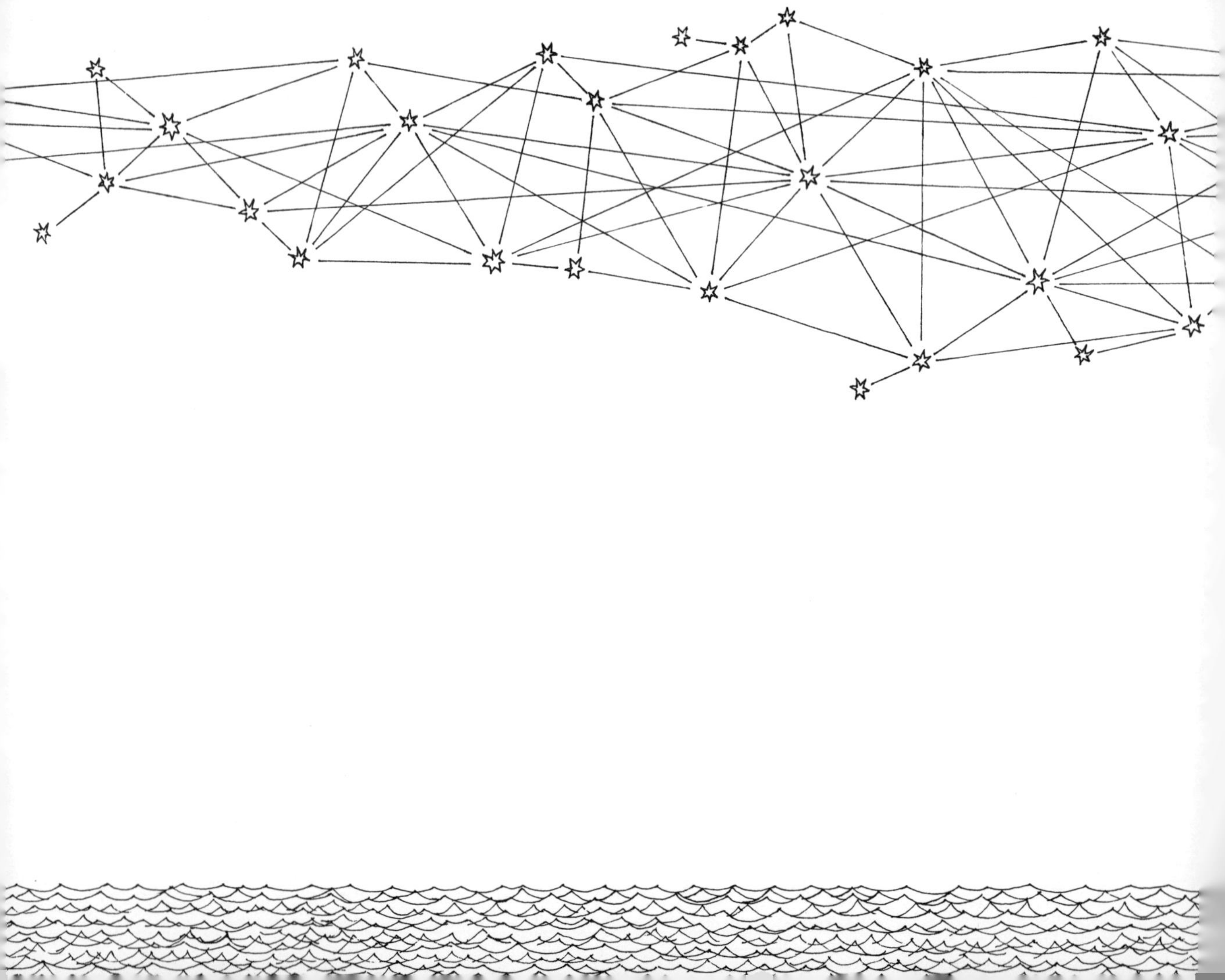

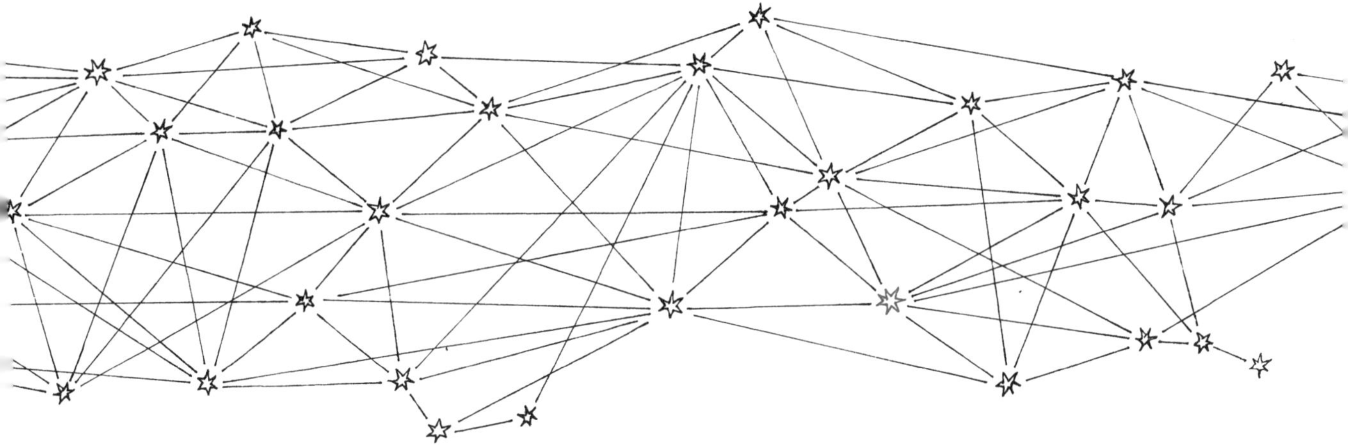

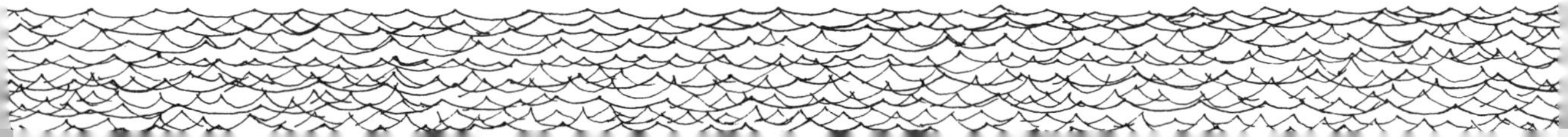

民会において、ペリクレスに反対するフィライオス家の者たちは、同盟資金の使いかたに反対しましたが、ペリクレスは得意の弁舌でかれらを難なく押さえこみます。ペリクレスは言います。
　「われわれは同盟国のために戦い、尊い犠牲を積みかさねてペルシャ軍を防いだのであるから、それに対して費用の明細を示す義務はない。同盟国は馬も船も兵士も提供せず、ただ金を支出しただけである。金は出した人々のものではなく、代わりのものを与えさえすればもらった人のものである。アテネの町が豊富な余裕資金を費やして神殿を築けば、竣工の暁に永遠の栄光がもたらされるだけでなく、工事の進行中にも繁栄が得られる。なぜならば、建設によって、あらゆる種類の仕事が盛んになり、さまざまな需要が起こる結果、それがすべての技術をはげまし、すべての人手をうながし、市民のほとんどすべてに利益をもたらすからだ」
　民衆は賛意を示す雄叫びでそれに答え、反対派は苦虫をかみつぶして民会を後にしました。
　それからしばらく経ったある日、民会は賛成多数でつぎのことを決定し、碑文に刻みました。

　　　　神々よ。評議会と民会は以下のとおり決議した。
　　　　評議会、同盟諸国に駐在するアテネの役人および巡回監督官は、同盟貢租が毎年徴収されてアテネに送られるよう手配すべし。同盟財務官は、同

盟諸国のうちで貢租を完済したものと滞納したものとを別々にもれなく公告すべし。アテネ市民は4名の者を選出して同盟諸国に派遣し、完済した国には領収書を発行し、滞納している国には速やかに支払うよう請求せよ。

アテネの平和と覇権 ペリクレスの時代

　前479年のペルシャ戦争終結以後、前430年のペロポネソス戦争勃発まで、アテネはさまざまな紛争に介入しながらも平和と繁栄を享受した。その時代の立役者がペリクレスである。父はミュカレの戦いでペルシャ軍を破ったクサンティッポス、母は独裁制を廃止し、さまざまな改革を行ったクレイステネスの孫娘のアガリステであった。

　親スパルタかつ貴族派のキモンに対抗して、民主派となり、貴族の力を殺いで次第に権力の頂点に上っていった。キモンのような財力がなかったペリクレスは、民心を得るために国庫のお金を給与などの形で市民に還元したという。その最大のものがアクロポリス神殿の建設で、これにはデロス同盟の軍資金が流用された。

　民主派の頂点に君臨し、貴族派を追い出す一方で、市民権法を成立させ、アテネ市民の範囲を限ることで、多くの非市民を生み出す政策も採った。植民も積極的に行っており、イタリアのトゥリオイ植民もその一環である。

　対外政策では、仮想敵国となり始めたスパルタと融和策を採りつつ、同時にデロス同盟諸国に対する締めつけを行った。ことに力をつけてきたサモスを前440年に自らの指揮で降伏させ、東エーゲ海の制海権を強めた。

　エーゲ海の覇権を握ったアテネは平和と繁栄を享受し、軍事・経済・文化の中心となる。諸国から人材も集まってきた。ペリクレス自身も、イオニア地方出身のアナクサゴラスを師と仰ぎ、南イタリアはエレアの人ゼノンの講義を聴いたという。

弁論術や政略論に長けていた最愛の女性アスパシアはミレトスの出身である。ペリクレスとアスパシアのサロンには、アブデラ出身のプロタゴラス、ハリカルナッソスの人ヘロドトス、そしてアテネ市民のソクラテスなども集ったという。

　ペロポネソス戦争勃発後、いよいよペリクレスの死期が迫って、友人がその偉大な功績を並べ称えたとき、最大の功績を君たちは見逃している、と言ったという。

　「アテネ人が喪服をつけずにすむのは、わたしの力によるところが大きいのだ」

　ペリクレスの死後、アテネの民衆は征服欲にあおられ、イタリアのシラクサにまで戦線を拡大する。その遠征に失敗した後、アテネは戦争の泥沼にはまり、前404年にはスパルタに降伏し、覇権の夢はついえる。

　アテネにとっての平和と繁栄とともに生きた男、それがペリクレスだったのである。

プラトン『国家』
プラトン中期の大作。西洋を理解するためにぜひ。洞窟の比喩はここが出典。

プルターク『英雄伝』
英雄伝ならこれ。鶴の舞も登場。

銀と土地 持ち得る者と持ち得ざる者

　格差は世の常であるが、古代アテネにおいては、持ち得る者は人口の1~2割にすぎない男性市民に限られていた。通貨として用いられていた銀のアテネにおける産出地、ラウリオン銀山の採掘権もアテネ国家の管理の下、アテネ市民のみがその権利を一定期間ごとに賃借することができた。もっとも一般市民には直接は関係のない話で、鉱山経営に関係の深い家の大半は、三段櫂船の建造費用を負担するような富裕市民層に属していた。鉱山経営には多大な資本投下と奴隷労働力の確保が必要であったからである。しかし、鉱山経営が成功すれば、富裕な手工業者や両替商の資産額をはるかに上回る富を築くことができた。

　銀に加えて、アテネ市民のみが保有することを許されていた土地が、資産のうちの大きな割合を占めていたと考えられる。不動産を核とした経営単位はオイコスと呼ばれ、そのありかた（ノモス）、オイコノミコス（＝オイコス＋ノモス）は後のエコノミクス（経済学）の語源となったほどである。

　居留外国人（メトイコイ）の中には裕福なものもいたが、財産構成の面で上述のような制約を受けていた。さらに奴隷となると、その稼ぎはすべて主人のものとされた。なかには主人に代わって経営手腕を発揮し、市民権を与えられた奴隷もいるが、例外中の例外であったことは言うまでもない。

　女性は戦争に参加できないため、その法的あるいは社会的地位は低かったといわれている。イオイオスの法廷演説第10番（Isaios, X10）には「法は子供と女とに小

麦1メディムノス（約40kg）以上の契約を交わすことを、はっきりと禁じているのです」という記述がある。小麦1メディムノスは成年男子の穀類の消費量約50日分に当たり、5ドラクマが正常価格、そして労働者の日当が1ドラクマだったというから、現在の生活感覚で数万円ほどであろうか。

　古典期アテネの女性は土地所有者となることは少なかった。子供が未成年のうちに未亡人となったときなど、事実上さまざまな契約行為に主体的に携わっていたケースはあるが、不動産の売買、あるいは不動産を担保とする賃借がなされたことを示す史料は見当たらないという。

　アテネでは、財産面においても男性市民中心の制度がとられていたのである。

with akio konaka and tomoaki sakamoto

Robert Garland
"Daily Life of the Ancient Greeks."
古代ギリシャの生活を解説。

アメリカは、盟主の徳(ヘゲモニア)は持つが、力(アルケー)による支配は望まない、と主張する。しかし、他の多くの国々はこれとは逆の認識をいだいている。……トゥキュディデスは『戦史』において、アテネの盟主の徳が衰え、力だのみになる過程を描いたのである。

——レボウ／ケリー
　『トゥキュディデスとヘゲモニー：アテネとアメリカ合衆国』

第4章

国家(ポリス)

Πόλις

あれからしばらく時がたちました。エーゲ海を東に急ぐ船の船尾にもたれて沈む夕日をぼんやり見ている女性がいます。さみしそうにも見えるその端正な横顔はメロス島のアフロディテのように輝いています。そう、いつの間にか美しく変身したナミです。アスパシアの名代としてサモスの反乱を鎮圧したペリクレスのもとへ進言をしにいく途上にありました。デロス同盟資金は完全にアテネへの貢納金と化し、アテネは諸国から集めた金でますます軍事力と経済力を蓄えていました。脳裏をいろいろな想いが駆けめぐります。

　ナミはアスパシアの片腕として、ペリクレスをはじめとするアテネの要人と接する機会が多くなっていました。在留外国人(メトイコス)のナミは、アスパシアと同じようにアテネ市民と結婚して嫡子を産むという道は閉ざされておりましたし、デロスにいたときに巫女修行をしていたこともあり、アスパシアの片腕として働くことに矛盾を感じていませんでした。アスパシアはナミの才気をとにかく気に入り、自分の一番の相談相手として、いつもそばにおいています。ナミによく言います。

　「いいこと。つまらない男にだけは身をまかせてはだめよ。世の中には自分が非市民(メトイコス)の女であることで足かせをはめられたと思う者と、翼をもらったと思う者がいます。たしかにわたしたちには市民の後継ぎは産めないわ。でも、その代わりこうやって一線で活躍する男たちともたくさん接することができるのよ。ここぞというときには、女の武器を使ってかれらを引きよせることもできるわ」

　アスパシアがヘタイラたちを宴にはべらせ、情報収集をしていることはナミも知っていました。売春宿を経営しているといううわさもあります。女の武器とい

う言葉を聞くと、なんとなくそういううわさが立つのもわからない気はしません。ペリクレスの参謀としてナミたちに見える表の顔とは別に裏の顔もあるのかもしれない。ナミはふっとそう思ったりもします。ただ、それはナミにとってはどうでもいいことでした。ナミにとってアスパシアは夜道を照らしてくれる月のような存在でした。世間ではペリクレスをたぶらかす女狐といううわさも立っていますが、それは力のない男たちのやっかみの感もある、とナミは思ったりもします。

　そんなある日、
「まったくバカみたい」
と言いながら、女の子が憤慨しながらナミの部屋に入ってきました。
「ダフネ、どうしたの？」
　ダフネと呼ばれた女の子が続けます。
「あいつらひとのひざをさすりながらアスパシアさまの悪口ばっかり。しまいには訴えてやると言ってさわぎだすんですよ」
　それを聞いてナミは思わずききます。
「訴えるって？」
「わたしたち、身体は許すな、っていつも言われているじゃないですか？でもあいつら売春あっせん罪とかでアスパシアさまを訴えるって言うんですよ」
「一体何があったの？」
　ナミが乗ってきたので、水を得た魚のようにダフネが話しはじめました。

「そいつ、わたしがアスパシアさまにお世話になっている人間とも知らずに話しはじめたんです。相変わらずひざをさすりながらね。男の一人が言うんです。まったくあのアスパシアというのはけしからんね、って。もう一人が、うん、けしからんね、ってオウムでも務まりそうな返答をするんですよ。あら、わたしってけっこう男の声色もうまいわ。で、後はこんな調子です。

『そう思うだろ。ペリクレスを色じかけであやつって、政治に口出しをして、今度はおまけに売春あっせんときた』

『それはホントか？』

『ホントだとも。おれはちゃんと見たんだから』

『何を？』

『何を、っておまえ、何だよ。わかるだろ？』

『ううん、わからん』

『おまえ、バカか。売春をあっせんするところをだよ』

『なんでおまえがそこに居あわせたんだ？』

『そ、そりゃあ、男の勘ってやつよ』

『ああ、なるほど』

『しかも、アスパシアのあっせんしたのが市民の娘ときた』

『それはどうしてわかったんだ？』

『おれと同じデーモスの女だったからな』

『顔を見たのか？』

『見た、見た』
『その女の名前は?』
『ドラゲネスの娘だ』
『で、買った男のほうは?』
『そいつは言えないね』
『なんでだ』
『うるさいな。話を聞くときはだまって聞け。ま、ともかく、この話を法廷に持ちこめばアスパシアを追放できるぞ。あいつさえいなくなれば、ペリクレスは羽をもがれたも同然だ』
『そうか。それはいい話だ。ぜひ訴えよう。で、証人はおまえか?』
『そうだ』
『もう一人証人がほしいな。女を買った男をさがしだしてたのもう』
『それはやめておこう。おれがいれば十分だ』

というわけなんですよ。どう考えても自分がその娘を買ったくせに、相手だけ訴えようって魂胆ですよ。信じられます? 相手も間抜けを絵に描いたような男で話を聞いているだけでいらいらしてきますよ。それでも一応、敵の話だと思って一字一句忘れないように気をつけていたら、急に話が変わってしまって。

『しかし、女もああとうが立っちゃいかんな。この娘みたいにぴちぴちしてなきゃ』

と、アスパシアさまのことをけなしながら葡萄酒をごくごく。そりゃ、わたしは若くてぴちぴちしてますけどね。で、誘ってくるわけですよ。

　『なあ、きみ、この後ヒマかい？』

　どうしようかなあ、と言ったら、

　『おっ、脈ありだね』

　『脈ありだね』

　『どうおれと結婚しない？』

ですって。で、ご冗談を。ご結婚はやはりアテネ市民の娘さんとでしょう、って言ったらもう一人のオウムみたいなやつが、言うんです。

　『そうそう。それにおまえ結婚してたじゃないか』

　『ふん、うちの古だぬきか。あれはあれでとうが立ってるよ』

で、あらあら、奥さまがいらしたんですか。それはたいせつにしなくては、と言うと、

　『おや？　おまえ、おれの誘いに、どうしよっかなあ、なんて言っておきながら、古だぬきの肩を持つわけか。おまえ、本気じゃないな。そういう嘘つきはいかんな。居留権を没収してやる』

　『そうだ、没収だ。わっはっは』

って言いながら二人とも寝ちゃったんですよ。あんまりばかばかしいから、鳥の羽をのどにつっこんだまま、帰ってきちゃった。ああ、まったく腹が立つ」

「そんなレベルの低い人たちにあわせて腹を立てていると、あなたのレベルも下がってしまうわよ」
と、ナミがなだめると、ダフネが言います。
「ナミさんはいいですよお。実力もあってアスパシアさまに認められているから、そういうバカな男たちとつきあわなくてすむし」
「あらあら、あなたまで酔ってしまったの？」
「わたしはしらふですよ。あーん。わたしもナミさんみたいになりたいよお」
　ナミは思わず苦笑します。男にとって、妻になるべき女と遊び相手になるべき女の二分法があるとしたら、ナミはそのどちらにも属していない気がします。ナミをほめる男たちも、
「いやあ、女にしておくのはもったいないねえ」
とか、
「その美貌を利用しない手はありませんなあ」
ばかり。
「ナギならそんな言いかたはしないわ」
とつぶやくと、えっ、とダフネが聞き返します。いつの間にかナギのことを考えていた自分に気がついて、ナミはまた苦笑しました。

数週間後、アスパシア邸は蜂の巣をつついたようなさわぎになりました。ダフネがあわてふためいて、ナミのところに報せにきたのです。
　「あ、あいつら、酒の席の戯れ言だと思っていたらホントに訴えちゃったんですぅ」
　ダフネはおろおろするばかりでくわしいことはわかりません。ナミはおどろいてばかりもいられません。
　「ペリクレスさまにお報せしなければ」
　事実関係と訴えの内容を調べに人をやり、ついでペリクレスとアスパシアを呼びにやります。ナミが待っていると、応接室にペリクレスとアスパシアが入ってきます。しばらくすると、報せを聞いてプロタゴラスもやってきました。説明を聞いた後、口を開きます。
　「やっかいなことになりましたな。ふつうの訴訟なら黒を白とも言えますが、政争がらみの話となると、白を黒ともされかねません。
　民衆裁判所では、1,500人の素人の陪審員の心証によって評価が決まるわけですから、アスパシアの実力は何の助けにもなりません」
　「わが師アナクサゴラス、わが友フェイディアス、そして今度はわが妻アスパシアか。まったく敵も汚い手を使うものだ」
と、ペリクレスがめずらしくいらいらしています。
　「訴訟内容そのものに反ばくする手だてはないのか？」
　ナミが答えます。

「はい、調べましたところ、どうもアスパシアさま宅での合同パーティーで、男が酔った勢いで娘の一人と関係を持ってしまったらしいのです。それを知った娘の親が、娘がもてあそばれた、と怒ってしまっておりまして、内容そのものにあまり反論するのは感情を逆なでして、逆効果かと存じます」

「じゃあどうすればいいんだ」

「落ちついて。ここはともかく敵に陥れられないようにしないといけません」

と、アスパシアはむしろ平静を保ったまま言います。

「ナミ、票を計算して」

「はい。フィライオス家をはじめとして、２割は貴族派ないしその支持者です。一方、確実に味方してくれるのはアルクメオン家とつながりの深い民主派３割でしょう。残りの５割ですが、ほとんどは民主派です。ただしかれらはアスパシアさまの味方になる保証はありません」

「５割が浮動票というわけか。これでは予測にもならないじゃないか」

「すみません」

と、ナミ。

「あなたがあやまることはないわ。ねえ、ペリクレス。ここはあなたが民衆裁判所で直接訴えの取り下げを懇願するしかないわ。あなたのその切迫感を見れば、浮動層は気の毒に思って訴えをしりぞけるか、たとえ訴訟になったとしても無罪のほうに票を投じてくれるでしょう」

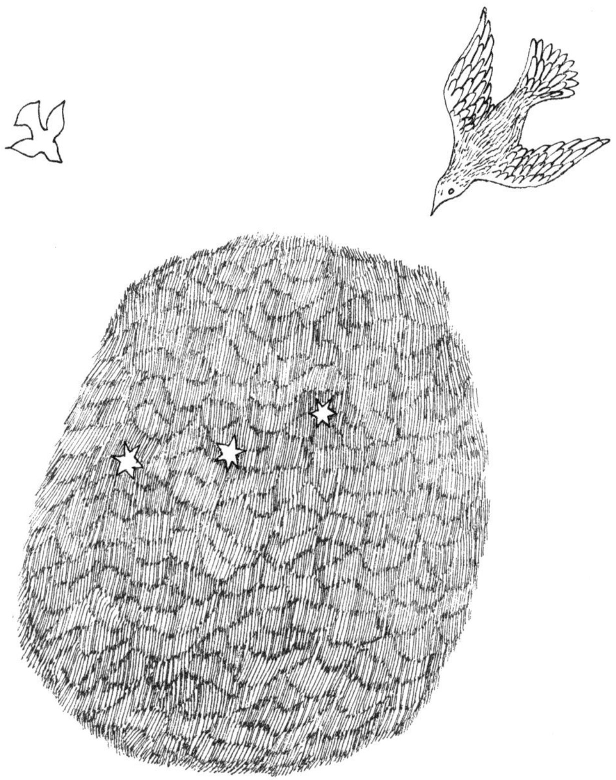

やや取り乱し気味のペリクレスはそのまま民衆裁判所に出かけました。とは言え、そこはなみの政治家ではありません。市民たちの人気を利用し、陪審員たちの情に訴えます。
「諸君、わたしが諸君のために行ってきた献身を思いだしてほしい。いま、わたしは不幸にも最愛の伴侶かつ最良の参謀であるアスパシアを失うか否かの瀬戸際に立たされている。思いだしてほしい。パルテノン神殿造営でいかにわれわれがうるおっているかを。思いだしてほしい。貴族から民衆へと主権を移したことによって一部の人間の専横を止め、諸君のための政治を実現したことを。これらのことにわたしが果たした役割を思いだし、どうか今回の訴訟を取り下げにしてほしい」
　懸命に訴えるペリクレスの目には涙が浮かんでいます。
「おい、ペリクレスが泣いているぞ」
「あの天下のペリクレスが気の毒に」
「おれたちもずいぶん世話になってきたからなあ」
「そうそう。今回の訴訟だって貴族派のやっかみだろ」
　そういうささやきが陪審員の間に広がっていきます。やがてどこからともなく「ペリクレス！　ペリクレス！」という大合唱が始まりました。

　民衆裁判所は圧倒的多数で訴訟の取り下げを決定しました。

※

　一方のナギは、フィライオス家のキモンが戦死し、後を継いだトゥキュディデスもペリクレスとの政争に敗れて陶片追放されてしまったため、デロス同盟中、唯一アテネに対抗しうる力をつけつつあったサモス島にわたりました。しばらく前からサモスとスパルタの間には密使が行き来しています。ナギはその連絡役としてエーゲ海を西へ東へと飛びまわっています。アテネの力の前に屈服してしまった多くのポリスに再起をうながそうという大仕事です。

　エーゲ海に沈む夕日はもう見る余裕もありません。毎日が充実していて、はりつめています。

　サモスにわたる前、ナギがナミのところへやってきたときの会話をナミは鮮明におぼえています。
　「これからサモスへ行こうと思う」
　「デロスには帰らないの？」
　「きみはキケロスの従者から聞かなかったのかい」
　ナミが首をふると、「やはりアスパシアもヘロドトスも都合の悪いことは知らせなかったんだな」とつぶやくと、ナギが話をはじめます。
　「どうやらキケロスとニーモニデスは密かに消されたらしい。
　もうかなり前のことだ。その従者によれば、二人は拷問に近い取り調べを受け

たらしいよ。かれらは民衆裁判所での裁判を主張したが、あれはアテネ市民を裁くためのものであって、異邦人を裁くところではない、と言われたらしい。従者はかれらが船に乗せられるまでは見ていたのだが、その後の消息は不明だそうだ。海に突き落とされたのではないか、ということだ。それがかれらのやりかただからね。ぼくらが自由にしてこられたのが不思議なくらいだ、と従者は言っていた」

ナミは言葉を失います。ナギが言葉をつなぎます。

「そもそも、ぼくはデロス市民でもないしね。ともかく、アテネの隷属下におかれたデロスには興味ないよ。それよりナミはどうするんだい？」

「わたしはここでしばらく働くわ」

「そうか。ぼくはきみのようにアテネ権力の中枢に入りこむことができなかった。それでも後悔はしていない。自分の使命と夢に忠実に生きているからね」

その声には皮肉が混ざっているように聞こえました。ナミはすこしむっとします。

「使命？　夢？　在留外人(メトイコス)の女が身よりもなく、アテネで生きているのよ。きれいごとではすまされないわ。それにアスパシアさまはわたしを活かしてくれるわ。いまはそれで充分なの」

「きみはいつの間にか自分の使命も夢も忘れてしまったんだね。ヘロドトスから教わったのをおぼえているかい。市場では健全な利己心が社会の役に立つ、しかし国家経営では利己心は国を滅ぼす、というやつさ」

「ええ、おぼえているわ」

「ポリスを動かしていくには、めいめいが勝手に動いていたのではだめだ。利己心を昇華させて、ポリスの秩序(ノモス)を自分の利益よりも優先させる心が必要なんだ。とくに中枢の人々にとってはね」

「ええ、それもそうよ。わたしはその点でペリクレスさまやアスパシアさまに敬服しているわ。あの人たちはほんとうにアテネにとって何がいいかを考えている人たちよ」

「キモンもトゥキュディデスもそうだったよ。ペリクレスとは意見が違って寡頭制を主張していたけれどもね」

「ええ。あの人たちの評判も決して悪くはなかったわ」

「悪くなかった？ とてもよかったよ。人格者だし、気前はいいし、何よりポリスのことをきちんと考えていた。みんなペリクレスは民主派でキモンやトゥキュディデスは寡頭派だと言っている。そこが最大の争点であるかのようにね。でも、エーゲ海の大小400以上あるポリスの厚生を中心に考える発想はキモンたちにもなかったし、ペリクレスにもない」

「それはしかたないわ。アテネの国政はアテネのためのものだもの」

「そこだよ。民主派か寡頭派かなんて向こう岸から見れば、どっちだって同じさ。キケロスやニーモニデスの言っていたことがいまならよくわかる。どのようにすぐれたポリスでもギリシャ世界全体のことを考えることはありえない。同盟の本来の意義は、単独のポリスでは考えられないギリシャ世界全体の秩序(ノモス)を考え

Πόλις

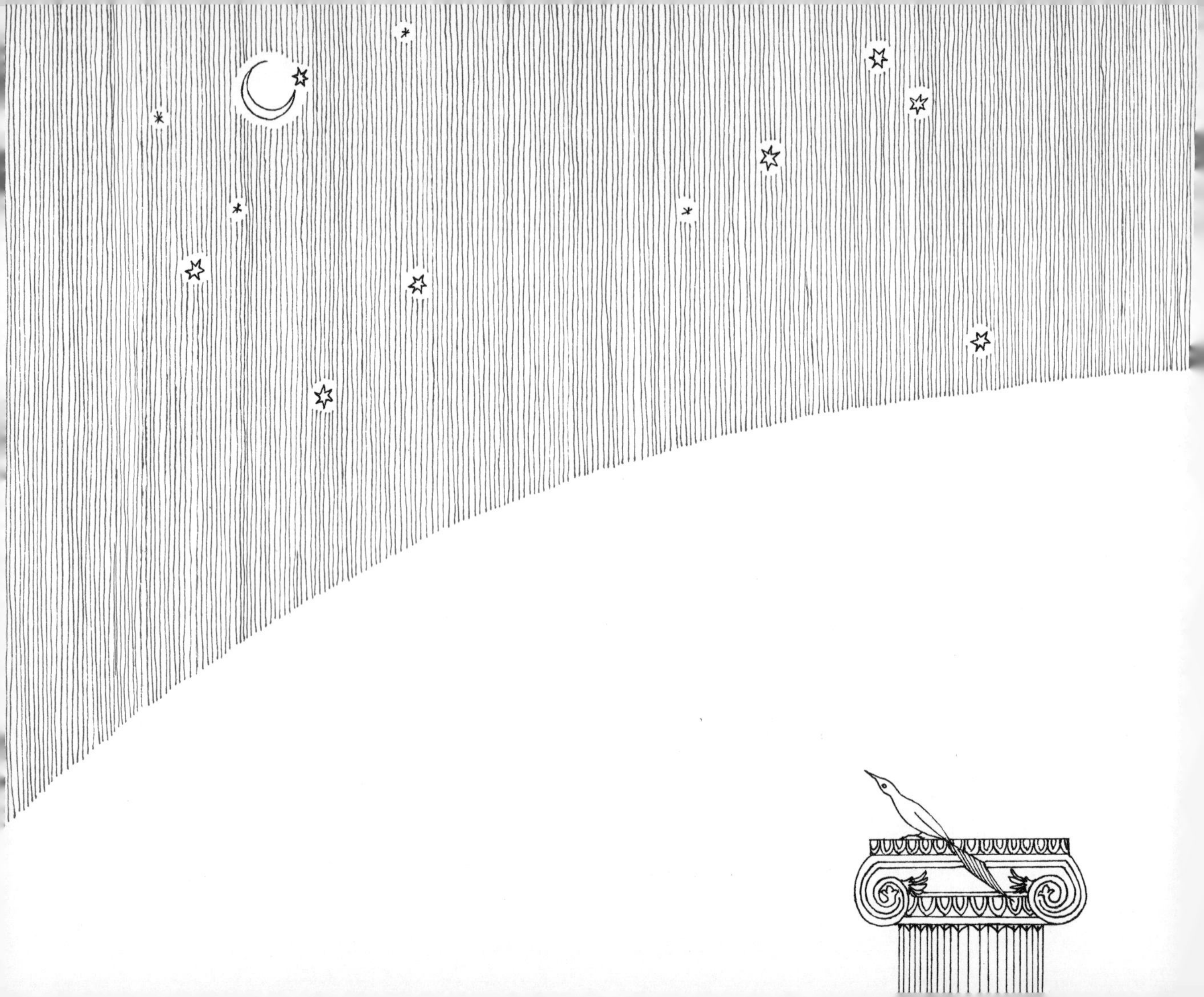

ることにあるべきだ、ということがね。いまのアテネは強すぎる。スパルタとサモスが組んで、その力を殺がなければ、やがてアテネはペルシャのようにギリシャを踏みにじるようになるだろう。もちろんぼくの本意はアテネをおとしめることではない。アテネに拮抗する勢力を作ってギリシャ世界のバランスをとろうというだけさ」

　ナミがだまっているのを見て、ナギは声をやわらげます。

「ともかく10年すれば世の中もかなり変わる。ぼくの仕事もきみの仕事も一段落するだろうから、デロスに行って、またふたりでキントス山に登ろうよ」

　ナミの顔もすこし明るくなります。

「そうしたら、またふたりでイルカと遊んで、いっしょにキントスの頂で鶴の舞も舞えるわね」

「うん、そうしよう。今度は魚をとりすぎないようにしないとね」

「ああ、そうよねえ。そんなこともあったわよねえ。あなたもわたしもまだ子どもだったわ」

「そうだね。さあ、もう行かなくては。10年後に会えたら会おう」

　そう言うと、ナギは席を立ちました。

　ナミはひとりで鶴の舞をそっと舞います。

「離れることなく舞を舞え、か」

とつぶやきながら、沈む夕日が最後に見せる輝きのような絵空事に、かえってさびしさが増したような気がしました。

そのサモスとミレトスの間に紛争がもちあがったのはそれからまもなくのことでした。ミレトスはアスパシアの出身地でもある小アジアのポリスです。このミレトスが面している湾の反対側にあるプリエネの領有権をめぐって両国の間に争いが起こったのです。
　サモスの政策会議で開戦派と慎重派が議論を戦わせますがなかなか結論が出ません。このときの様子は、アスパシアのスパイが後にくわしくナミに語ってくれました。それをナミは反すうします。

　慎重派が言います。
　「ミレトスとは一戦交えればすむことだが、アテネがプリエネ領有問題に口出しをしてくるとやっかいなことになるぞ」
　開戦派が主張します。
　「開戦をしても、アテネでの寡頭派が勢力を増し、ペリクレスたち民主派の介入を阻止してくれる可能性がある。また、それがだめでもスパルタが背後から牽制してくれることになるだろう。一方、開戦をしなければわれわれの小アジアにおける足がかりはなくなる。この島で小アジアから切りはなされたら、羽をもがれた鳥同然になり、それこそアテネの思うつぼだ」
　議長が間に入ります。

「ともかくアテネの動向が気にかかる。アテネでスパイ活動をしていた者を呼んで話を聞こう」

「その人物は信用できるのですか？」

「うむ、ここにお集まりのほとんどの方はすでにご存知かと思うが、元々わが国の出身で、アテネに対する決起をうながしたデロスの神官の下で教育を受けてきた者だ。その後、フィライオス家の食客となり、スパルタともつながりを持っている。かれが信用できないのなら、われわれはどのポリスの人間も信用できないだろう」

みながうなずくと、会議室に一人の男が招じ入れられました。議長が合図すると、あらかじめ質問の内容を聞いていた男がみなを見まわします。

「トゥキュディデスがしばらく前に陶片追放されたことはみなさんよくご存知だと思います。その後、アテネは民主派一色となり、デロス同盟諸国をつぎつぎに民主化する方向で動いています」

「うむ、民主制といえば聞こえはいいが、要するにあまりものごとを考えない愚かな連中を政権の支持基盤とし、かれらをコントロールすることで政権維持を図る、一種の独裁制だな」

「民主制の評価はひかえさせていただきます。ただ、現在のところ、アテネでペリクレスに立ち向かう人物はおりません。貴国との関連で申しあげれば、アテネの介入を封じこめる勢力はアテネ内部にはない、ということです」

議場に重い空気が流れます。しばらくの沈黙の後、質疑応答がなされます。

「すると、あなたの意見ではわれわれがプリエネの領有権を主張した場合、アテネが介入してくるということですな」

「いいえ。そうは申しておりません。介入が得策でない、とペリクレスが判断する可能性もあります。そのためにも、介入を防ぐ手立てはアテネの外にさがす必要がある、というのが一つの結論です」

「その介入というのは政治介入ですみますかな？ それとも軍事介入まで視野に入れてくるでしょうか」

「いまのアテネの状況からすれば軍事介入まで想定しておくほうが確実かと思われます」

「さきほど、アテネの介入を防ぐ手立てを外に求めないといけないと言われましたな。それは具体的にはどこになりますかな」

「二つ可能性があります。一つはスパルタを盟主としたペロポネソス同盟。もう一つはペルシャです。ペルシャは言うまでもなく、両刃の剣で、使いかたを間違えると、数十年前の大戦のときのように貴国が属国となってしまわないともかぎりません。一方のスパルタは、地理的にアテネの向こう側にあることもあり、直接支配される懸念は少ないかと思われます」

「では、やはり鍵はスパルタか。スパルタがアテネを牽制してくれる可能性はあるのか」

「可能性はあります。しかし、確実ではありません」

国運を左右する内容に質問も険しさを増します。

「確実でないのはわかっている。どのくらいの可能性があるかをきいているのだ」

「五分と五分、いやそれより低いかもしれません」

「なぜそんなに低いのだ。スパルタだってアテネの脅威は感じているであろう」

「もちろんです。しかし、かれらはペロポネソス同盟諸国が共同歩調をとらないかぎり、動こうとしないでしょう」

「スパルタが他のペロポネソス同盟諸国の意向を気にする、というのはどういう理由からですかな」

「スパルタ自身、自分からアテネに戦いをしかけるほど国力に対する自信を持っておりません。それにスパルタはメッセニアという豊かな土地を押えています。つまりエーゲ海における覇権にはそれほど興味がなく、そのため戦争に踏みきる意志が非常に強いというわけではありません。そのような微妙な決断の場面では、他の同盟国の意向がものを言うと思われます」

「その同盟国とは？」

「どこになるかはわかりませんが、一例を挙げれば、交通の要にあるコリントスです。さらに、コリントスはペロポネソス半島でもアテネから近いところに位置しています。アテネが最初にペロポネソスを攻撃するのがコリントスになる可能性があります」

「アテネとの戦争で矢面に立つのはご免というわけだな。しかし、アテネがコ

リントスを攻めるという保証はどこにもないぞ」

「もちろんそうです。しかし、わたしがペリクレスの参謀だったならば……」

と、ここで異国人は一瞬話をやめ、宙を見つめ、大きく息をすってから先を続けます。

「うわさを流すでしょう。アテネはペロポネソス同盟とデロス同盟との間で戦いが起こったら真っ先にコリントスを攻める、と。そのうわさはかなり信憑性が高いものなので、コリントス人は恐れをいだくに違いありません」

「きみがかなり情報を持った優秀な戦略家だということはわかった。しかし、相手側にもそういう人材はいるのかね？」

「わたしなどはひよっ子です。アスパシアの名声はみなさんのお耳にとどいていると思いますが、残念ながらその副官にわたしよりも洞察力のある人間がおります。先ほど申しあげたことはすべて読んでいると考えて間違いありません」

「最悪の場合を想定しよう。スパルタの援助もなく、アテネが背後の心配なしに軍事介入をしてきたとき、わが国はこれを防ぐことができるであろうか？」

「アテネが遠征軍で、貴国が防戦する側ということですので、勝機はあると思います。かなり分が悪いと考えておいたほうがよろしいかと存じますが」

開戦派は「どうして分が悪いのだ」と異国人につかみかからんばかりに気色ばみます。慎重派はうなずきながらその考えをますます固めます。議長が言います。

「ご苦労だった。下がってよろしい」

会議は数日にわたって続きました。プリエネを領有できないとなると、小アジアの足がかりを失ってしまう。そのことによる経済的打撃は計り知れません。男の警告にもかかわらず、最終的には戦争のリスクよりも目先の利益にとらわれた開戦派の意見が通り、サモスはプリエネに軍隊を進めました。ミレトスはサモスに立ち向かいますが、力の差は歴然としています。またたく間に戦いに敗れてしまいました。敗れたミレトス人はアテネに、サモスの非を訴えます。また、サモスの政変を企てる民主派が個人的な立場からミレトスの訴えを側面から支援しました。

　ペリクレスはさっそくアスパシアに相談します。そばにはナミが控えています。
「われわれはミレトスを助け、サモスの政体を変えるために介入すべきであろうか？」
　アスパシアが答えます。
「わたしはミレトス出身よ。その故郷のことを考えると私人としては介入をしてもらいたいと思ってしまうわ。でも、アテネの命運がかかっているとなると、話は別。ミレトスのことは二の次よ」
「命運？　それほど重い話だとは思えないが」
「サモス自体はアテネの軍事力をもってすれば大した敵ではないわ。でも、サモスがスパルタと接触しているという情報が入ってきているの。スパルタが動きだすとなると、それこそペルシャ戦争以来の大戦に発展する可能性があるわ」
「なるほど。となると、スパルタの動きを封じる必要が出てくるというわけだ

な。それは可能か？」
　「やってみないことにはわからないわ。スパルタに圧力をかけるのではなく、ペロポネソス同盟国に密かにうわさを流すのがいいかもしれない。ナミ、すこし説明して」
　「はい。おそらく、スパルタはサモスから要請があり、実際にサモスとアテネが戦闘状態に入れば、サモスを助けたがると思われます。ただし、それはペロポネソス同盟諸国から反対が出ない場合にかぎられます。つまり、スパルタに口出しをさせないためには、同盟国の反対をうながすことがたいせつです」
　「しかし、アテネはペロポネソスのどの同盟国とも仲が悪いからな。われわれの言うことをすんなり聞くだろうか」
　「もちろんこちらからお願いしても無駄骨に終わるでしょう。むしろ、デロス同盟とペロポネソス同盟間の紛争に発展した場合には、アテネの攻撃を受けるのはうちだ、という不安の種をまくのがよろしいかと思われます」
　これを聞いてペリクレスはぽんとひざを打ちます。
　「なるほど、わかった。その攻撃の的は間違いなくコリントスだ。コリントス人が対アテネ開戦をためらえば、スパルタも手出しはしないだろう。よし、これで決まりだ。裏工作のほうをよろしくたのむ」

　ペリクレスはアテネを主力として、キオス、レスボスの応援軍とともにサモスを攻囲します。ペリクレスは将軍たちに言います。

「実際の戦闘はわれわれアテネ軍が行う。キオス、レスボスの応援は形式的なものでかまわない。あくまでも連合軍による反乱の鎮圧という名目が必要だからな」

　ろう城9ヶ月、サモスの降伏は時間の問題となってきました。アテネの将軍たちはかれらの処分を議論します。
「遠慮することはない。二度とこのようなばかげた反乱が起きないように、サモスの一般市民は処刑に、女子どもは奴隷にすべきだ」
という意見が好戦的な将軍から出されます。
「しかし、それでは盟主というにはあまりに力にたよった方策ではないか」
「盟主？　これは笑止。かれらがわれわれに従っているのは、何もわれわれがおのれの身を削ってかれらの歓心を買っているからではないぞ。われわれが力を持っているからこそ、この同盟が存立していることを忘れてはならない。かれらが従順であるかぎり、われらはかれらと共に戦い、かれらを守る。しかし、いったんかれらが背いたときはこれをきびしく罰しなければ、われらアテネは甘く見られることであろう」
「しかし、同じギリシャのポリスを街ぐるみで消してしまうというのはいかにも」
と、ためらう声もあがります。
「そのような甘いことを言っていては、アテネはなめられて離反するポリスが

相つぐぞ」
　ペリクレスは極刑に疑念をいだいておりましたから、密かにアスパシアの元へ使いを送り、その意見を聞いてくるように指図しました。

　　　　　　　　　　　✼

　アスパシアとナミがペリクレスが送った使いの話を聞いています。ひととおり説明が終わった後、アスパシアがききます。
　「ナミの昔のお友だち、あの子はどうしているのかしら？」
　使いが答えます。
　「ナギのことですね。まだサモス城内にいるようです。寡頭派とはつながりが深く、スパルタとのつなぎの役もやっていたようです。一般市民の処刑の有無にかかわらず寡頭派の有力者とともに極刑に処せられることは避けられないでしょう」
　ふっとアスパシアの手がナミの肩におかれました。思わずナミはびくっと身体をふるわせます。
　「あなたに名代としてサモスにわたってもらうわ」
　「でも、わたしなんと言えば」
　「わたしはあなたをここへ来たときから教育してきたわ。あなたの中にはわたしがいます。サモスとアテネにとって何がいいか頭を研ぎ澄ませてあなたの心を

伝えなさい。そうすればペリクレスさまもきっとみなを説得する力を得ることでしょう」

ナミが一礼して部屋を出ようとすると、アスパシアが言います。

「あなたが帰ってきたら話そうと思っていたのだけれども、すこし考えておいてほしいことがあるの」

「なんでしょう」

「この間、宴のときにお会いした聡明な方がいたでしょう。かれがね、あなたを気に入って、ぜひ妻にもらい受けたいと言ってきたのよ。わたしは、あなたは市民ではないし、いま仕事を辞められたら困ると言ったのだけれども、市民でないことは知っている、もう前妻との間に息子がいるので跡とりはいらない、仕事も続けてもらってかまわない、家のことは子どもの養育もふくめて奴隷たちがやるから、と言うのよ。あなた、その気ある？」

ナミは突然の話にどう答えていいかわかりません。アテネでのナミの保護者代わりとなっているアスパシアは無理強いをしようとはせず言葉を続けます。

「その青年はペリクレスと同じように民主化を推し進めようとしているし、今後あなたが参謀として補佐すれば、かなりの政治家になると思うのよ。もしかしたらペリクレスの後継者になるかもしれない。わたしの勘だけどね。いいお話だと思うけれども、まあ、サモスでゆっくり考えていらっしゃい」

「明日、サモスに到着いたします」

という船長の声でふっとわれに返ったナミは、「ありがとう」と言うと、それまでの感傷を断ちきるかのように、ペリクレスがみなを説得できるよう構想を練りはじめました。

※※※

　ペリクレスは謹厳実直、敵にこそさまざまな中傷を浴びせられましたが、アテネを愛し、その未来を見通す目を持ったまことの政治家でした。それだけにいいかげんな説得では承知しないでしょう。ペリクレスの情けにすがろうか。人の道に反することはやめるべきだと真っ向から議論しようか。考えだすと眠れません。中天には満月がかかっています。

　天上では神々がアテネとサモスの一件を論じておりました。
　「戦いのケリをつけるのはわたしにお任せください」
と言って、いまにも地上に飛んでいこうとするのは軍神アレスです。
　「戦いが終われば掟に従って裁くのが常。わたしがまいりましょう」
と申し出たのは掟の女神テミスです。
　「強い者の掟で裁けば弱い者は恨みに思うでしょう。今後サモスをアテネの友好国にするためにも知恵が必要です。わたしがあの娘の枕元にまいりましょう」
と最後に言ったのはゼウスの愛娘アテナです。娘にとびきり甘いゼウスはこれを

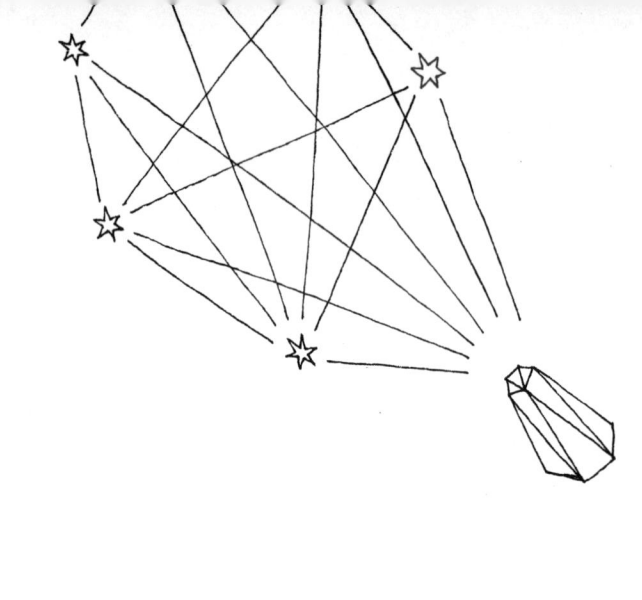

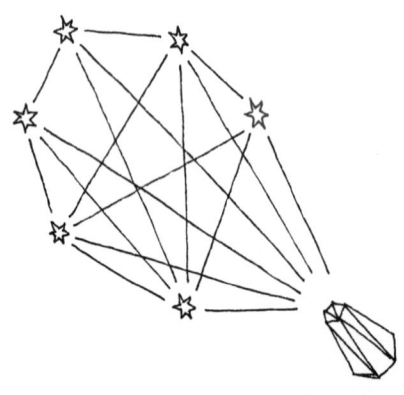

上策とし、アテナを地上にやりました。

　はっと気づくとナミはあたりを見回しました。月が西に傾いた分、時がすぎたことを示しています。
　「わかったわ、知恵でサモスを友好国にするのね」
　ナミはそうつぶやくと朝までぐっすり眠りました。

※

　ペリクレスの前に立つと、ナミはきちんと意見を言えなかったころの自分にもどったような気になってしまいます。しかし、今日はアテナも背中を押してくれているような気がして、勇気がみなぎっています。
　「アスパシアのきみへの信頼は絶大なものだ。今日はきみがアスパシアだと思って話を聞こうじゃないか」
と、ペリクレスは親しみをこめて言います。
　ナミは落ちついて話をはじめます。
　「アテネの指導者であるペリクレスさまに、ギリシャ全土の民の幸福がどうの、人類愛がどうの、と述べてもしかたのないこと。また、それで市民の方々を説得できるとは思えません。そこで、アテネにとって何がよいか、それをお伝えしたいと思います」

ペリクレスは軽くうなずきます。

「いまアテネは法(ノモス)によって治められるポリスとなっています。もちろんこれはペリクレスさまのご尽力によるところが大きいと思います。しかもそのペリクレスさまですら、この法(ノモス)には逆らえないでしょう。それに対して、ポリスを超えて通用する法(ノモス)というものはございません。しかし、書かれたものとしての法(ノモス)がないということと、書かれないものとしての秩序(ノモス)がないということとは異なります。わたしども文明の民ギリシャ人は多かれ少なかれエーゲ海に秩序(ノモス)を築いてまいりました。これを守り育てることがアテネにとっても他のポリスにとってもたいせつなことでございます。

さて、デロス同盟は現在200ものポリスから成り立っています。これらを束ねアテネの覇権をギリシャ全土に広め、それによってアテネの安定を図る、これが当面の目標だといたしましょう。そのためには盟主の徳(ヘゲモニア)をなくしてはなりません。ペルシャをやぶり、イオニア諸国のみならず全ギリシャをペルシャの圧政と隷属への道から救ったからこそ、アテネはデロス同盟諸国に愛され、正統なリーダーとしての資格、つまり盟主の徳を得られたのです。いまここで、かれらサモスの一般人を処刑し、女子どもを奴隷としてしまえば、われわれはペルシャと同じです。盟主の徳を失い、武力と恐怖のみで国々を支配するポリスになり下がるでしょう。武力だけでも短期的には反乱などの表面的な動きは抑えられます。しかし、それでは人々の心まではつかめません。アテネがどんなに強くなっても、いや強くなればなるほど反発は強まり、いつかそれは熱しすぎた鍋のふたがはじ

け飛ぶように反乱がおきるに違いありません。それに対して、サモス人を赦(ゆる)し、かれらの港をアテネのイオニア方面軍の司令部にすればサモス人は感謝し、これを見た同盟諸国もアテネを畏怖し、進んでアテネの盟主の徳のために協力を惜しまないことでしょう」

「うむ、そこまではしかとわかった。おまえの言葉、そのまま借りるぞ。明日の会議でみなを説得するのに使わせてもらう。さて、それで、寡頭派の処分はいかにする。首謀者の処刑はまぬがれないとして、その下で働いていた者どもの処分であるが」

ナミはじっとりと汗をかいている自分に気づきます。

「寡頭派の多くを処刑にすれば、その家族たちがなげきましょう。なげきは、うらみとして残り、将来の反乱の種となりましょう。それは逆うらみだと、アテネの方々は言われるでしょうが、うらみはうらみです。それよりはかれらを人質として、アテネにお連れなさいませ。家族たちはその寛大な処置に感謝するとともに、反乱を起こして、人質を処刑されることよりもアテネのために協力して人質が赦される日を待つこととなりましょう」

ペリクレスはすぐに言葉をはさみます。

「わかった。しかし、まさにおまえのいう法(ノモス)に従い、首謀者およびスパイたちの処刑はやむをえないぞ。またサモスの軍船はすべて没収。城壁もとりこわすこととするつもりだ」

「もちろんでございます」

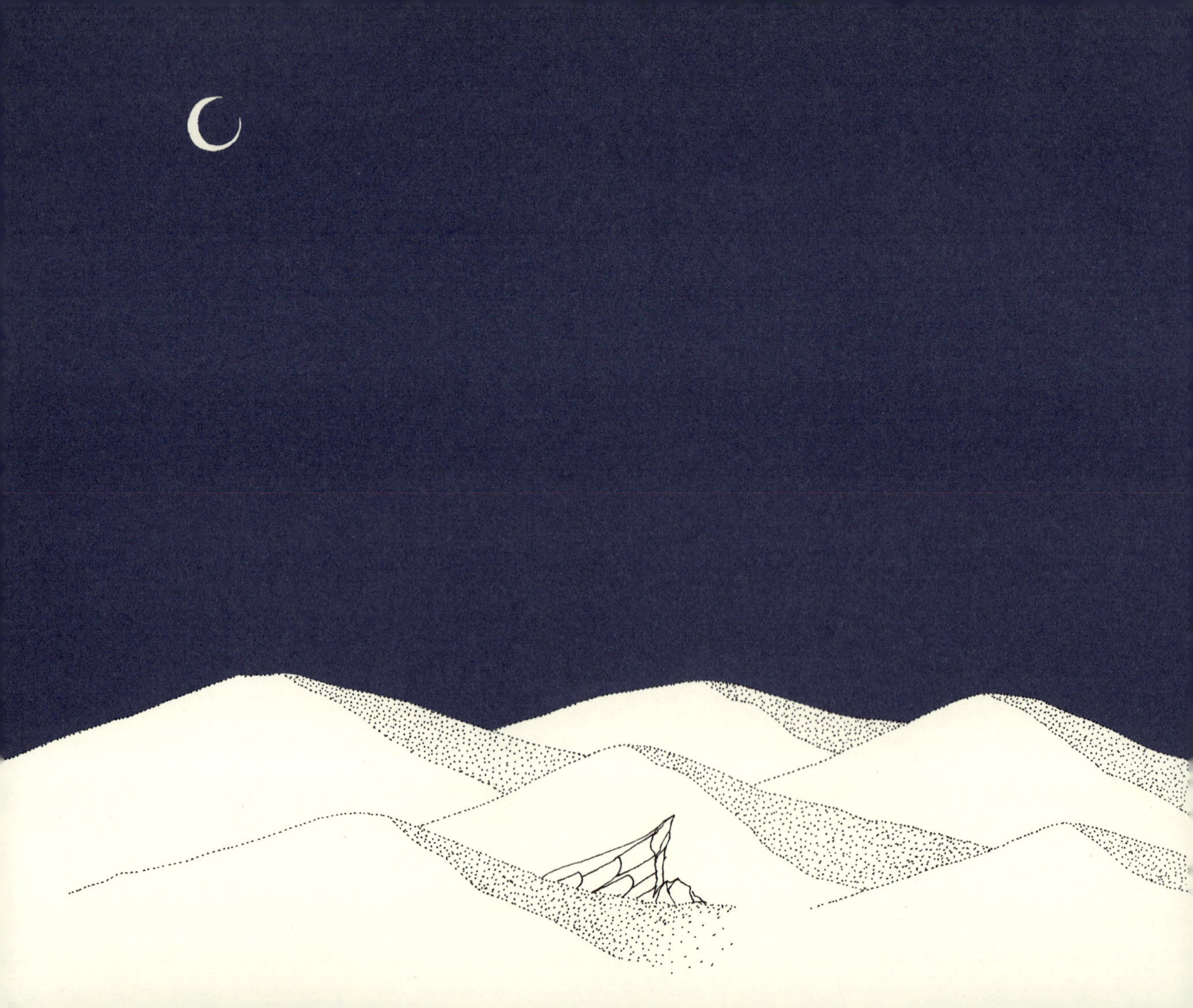

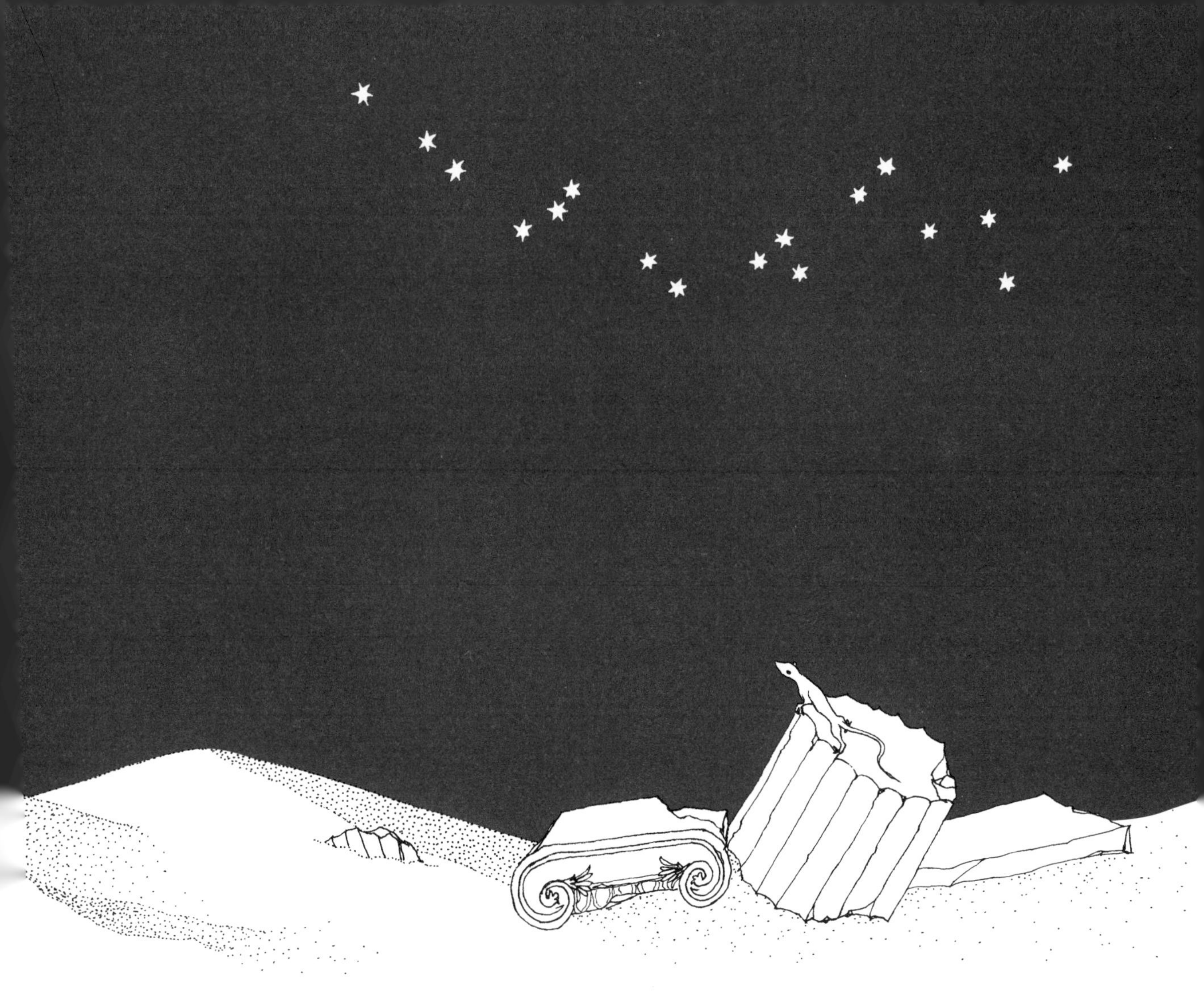

数日後、人質と戦犯が船に乗せられていきます。しかし、ナギのすがたは見えません。護送船の船長にそれとなくきくと、すでにサモスの民主派の集団によって処刑されてしまった首謀者たちがいるとのこと。ナミは胸さわぎがします。
　奴隷が駆けこんできてナミに告げます。
「ナギさまのことを知っているという者と連絡がとれました」
　ナミはなるべく落ちついた声を出そうとします。
「そう、それで？」
「どうやら数ヶ月前までは寡頭派の有力者の家にいたようです。その後の消息はわからないのですが、話をまとめると、どうもサモスの陥落前に脱出したようです。うわさでは、フィライオス家の手の者が手引きをして、ナギさまにご執心だったエルピニケと共にスパルタに逃れた、とのことです」
「えっ」
「あくまでうわさですが」
「そ、そう。ありがとう」
　ナミは、これまでの数ヶ月のはりつめた気持ちが一気になえていくのを感じながら、ふらふらと自室へ引きとりました。

その冬、アテネ人は祖国の慣習に従って戦没者たちの国葬をとりおこないました。ナミもヘロドトスや徹夜明けのアスパシアとともに参列しています。
　追悼の嘆きのなか、行列が墓地につくと霊柩を安置します。それが終わると、ペリクレスによる戦没者の弔辞の弁が述べられました。
　「われらがいかなる理想を追求して今日まで進んできたのか、いかなる政治を理想とし、いかなる人間を理想とすることによって今日のアテネの発展をなすことになったのか、これを明らかにすることで戦没将士に捧げる賛辞の前置きとしたい。この理念を語ることはいまこの場にまことにふさわしいと信じる。
　われらの政体は他国の制度を追従するものではない。ひとの理想を追うのではなく、ひとをしてわが範に習わしめるものである。その名は、少数者の独占を排し多数者の公平を守ることを旨として、民主政治と呼ばれる。わが国においては、個人間に紛争が生じれば、法律のさだめによってすべての人に平等な発言がみとめられる。またたとえ貧しい家の出であっても、国に益をなす力を持つならば、貧しさゆえに道を閉ざされることはない。
　またわれわれは、徳の心得においても、一般と異なる考えを持つ。われらの言う徳とは人からうけるものではなく、人にほどこすものであり、これによって友を得る。われらのみが利害得失の勘定にとらわれず、自由人たるの信念をもって結果を恐れずに人を助ける。この結果、われらの国にたいしてのみは敗退した敵すらも畏怖をつよくして恨みを残さず、属国も盟主の徳をみとめて不平を言わない。

Πόλις

われらは自身の果敢さによって、すべての海、すべての陸に道をうちひらき、地上のすみずみにいたるまで悲しみとよろこびを永久にとどめる記念の塚を残している。このようなわが国のために、いまここに眠りについた市民らは雄々しくもかれらの義務を戦いの場で果たし、生涯を閉じた。あとに残されたものもみな、この国のため苦難をもすすんで耐えなくてはならない」

　弔辞の弁が終わり、ペリクレスが演壇から降りると、大勢の女性がかれを取り囲み、まるでオリンピアの優勝者に対するかのようにオリーブの冠を授けます。ナミは、一睡もせず原稿の推敲をしていたアスパシアを気づかってちらりと見やります。アスパシアはつつましやかに脇のほうに立っていました。

　帰り道、ヘロドトスが独り言のように言います。
　「ペリクレスはすばらしい政治家だ。アスパシアというすご腕の参謀もいる。しかし、盟主の徳が失われて久しいということに彼らが気づくのはいつのことだろうか。民主制の法〔ノモス〕も手放しで信頼できるものではなく、それをうまく運営していくペリクレスのような人物を必要としていることに変わりはない。かれもいつかは舞台から消え去るであろう。そのとき、同じような事件が起こったとしたら、このポリスはどのような決断を下すであろうか」

権力分散のしくみ アテネ民主制

　ペリクレス時代の始まる前、前462年のエフィアルテスの改革で完成した古代アテネの民主制は、特定の集団に力が集中することを徹底的に排除しようとするものであった。選挙で選ぶのは10のヒュレー（部族と訳されるが、単なる行政単位に近い）から1名ずつ選ばれる将軍（ストラテゴス）のみ、その他は政府の役人までくじ引きで選ぶほどの徹底ぶりで、権力の集中を排除しようとした。また、独裁者を排除するため、陶片追放（オストラキスモス）もしばしば行われた。これは市民6,000名以上が陶片に名前を記して参加することによって成立し、最大得票者が10年間国外追放に処されるというものであった。サラミスの海戦の英雄テミストクレス、貴族派の雄キモンやトゥキュディデス（歴史家とは別人）も追放の憂き目に遭っている。

　民会は軍事や外交等、様々な分野に関する権限を持つアテネ民主制の最高意思決定機関であった。原則として全アテネ市民を動員して、年に40回行われ、一度の民会での採決の数は25以上であったという。参政権は犯罪者等の例外を除く全市民に与えられ、参加者なら誰でも壇上に上り議題について議論することができた。重要案件では一人一票の無記名投票が行われたが、通常の案件では挙手によって採否が決せられた。

　議題の提出は500名からなる評議会によって行われた。評議会議員は10のヒュレーからそれぞれ50名ずつ抽選によって選出され、任期は一年と短く、生涯において一度しか評議会議員に就任できなかった。

Πόλις

民衆裁判所は最も重要な司法機関であった。陪審員は一般市民から6,000名が抽選で選ばれた。うち公法上の訴訟は501人、私法上の訴訟は201人で小法廷というひとつの単位を形成した。重要な訴訟では複数の法廷を組み合わせて審理にあたった。

　しかし、理想と現実は必ずしも一致しなかったようである。官僚制の弊害がない反面、ペリクレスなど一部の将軍に権力が集中したり、遠征軍の派遣の可否や制圧した敵国市民の虐殺が素人相手の演説の巧拙によって揺れ動いてしまうなどの出来事も生じた。陶片追放の乱用により、有能な政治家を失うなどの事態も招いた。

　アテネの民主制は覇権の夢がついえた前404年以降も続いたが、マケドニアのフィリップ王およびその後を継いだアレクサンダー大王によってあっけなく崩れ去った。前4世紀後半のことであった。

with tadashi hashimoto

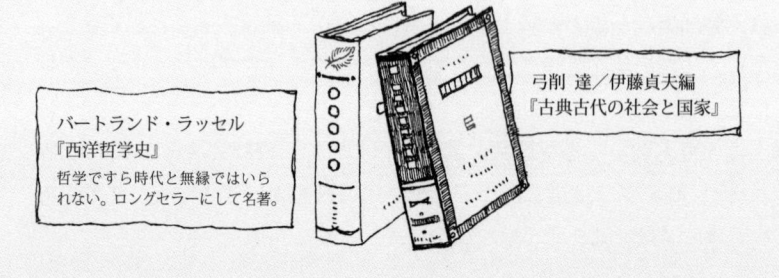

バートランド・ラッセル
『西洋哲学史』
哲学ですら時代と無縁ではいられない。ロングセラーにして名著。

弓削 達／伊藤貞夫編
『古典古代の社会と国家』

後塵を拝した強国 サモスとミレトス

アテネが覇権を握る前、文化の中心はエーゲ海東岸のイオニア地方であった。その中でも後世に影響を与える人物を輩出したのが、数 km の水道をはさんで向い合っていた 2 大強国、サモスとミレトスである。

水は万物の根源であると言ったタレスはミレトスの出身で、哲学の始祖とみなされている。哲学は金儲けに役立たないという批判に応えるため、翌年の豊作を予測したときに投機によって大儲けをした。このようにして、哲学者は必要ならば容易に金持ちとなることができるが、哲学者の志はそのようなものではない、ということを世間に示したのである。

サモス出身のピタゴラスは純粋数学の始祖であると同時にピタゴラス教とでも呼ぶべき神秘主義の教祖でもあった。ピタゴラスによる数学と神学の混交はプラトンを通じて、西洋思想を規定するほどの影響力を持ったという。

しかし、サモスとミレトスは、ペルシャの占領によって文化の求心力を失ってしまう。ペルシャ戦争期においては、サモスの海軍力はペルシャの戦力として利用される。一方のミレトスはイオニアの反乱の鎮圧とともに全市民がペルシャの奴隷となる。しかし、前 479 年にギリシャ連合軍がペルシャを破った後は両国ともにギリシャ側につき、デロス同盟にも加盟するに至った。

前 479 年から前 450 年にかけてのミレトスは寡頭制を維持していたと考えられている。前 5 世紀半ば、ミレトスは政治的に混乱した時期を迎え、そこにアテネが介

入し、民主制を敷く布石を打った。

　寡頭制を維持していたサモスも前440年にアテネの介入によって民主制を樹立する。寡頭派による反乱が鎮圧された後、サモスは民主制に移行する一方で、アテネのエーゲ海「極東」における軍事拠点となる。この時期のアテネをアメリカになぞらえるのであれば、島国サモスを日本になぞらえることも可能であろう。

　前411年、サモスのエリート層によってデロス同盟脱退が企てられるものの、アテネはこれを軍事力によって抑え、サモスはアテネ側に留まることになる。同じ頃、同様の反乱を企てたミレトスはペロポネソス側と協力し、アテネの攻撃を迎え撃った。

　アテネはこの頃から弱り始め、両国の立場が強まっていく。そして、404年のアテネの降伏をもって再び両国は寡頭政治へと移行する。しかし、アテネに移った文化の中心がイオニア地方に戻ることは二度となかった。

with yoshihiko hogen and yasutomo yamada

Hansen and Nielsen (eds)
"An Inventory of Archaic and Classical Poleis."
最近出た分厚い本。
辞書代わりに使いました。

古い岸にじっと留まっていてはいけない
　　　──ゲルツェン［19世紀の思想家］『向う岸から』

第5章

向こう岸
Θούριοι

サモスからもどって以来、生気が抜かれたように元気のないナミは、すこし養生をしたほうがよいとの医者のすすめもあって、ふたたびサモスへ出かけた帰りに、故郷のデロスに立ちよりました。アテネの特使ということで上宿の中でも特別室が与えられます。ナミは、かつて学んだ学校や神殿を訪ねます。神殿ではアテネに任命された新しい神官たちがさっそうと歩いています。ナミのことをおぼえている人々は見当たりません。それでも特使ということで厚くもてなされます。居心地が悪くなったナミは、自分がたどってきた道をさがそうとするかのようにデロスの町をさまよいました。母の墓参りをすませた後、人にたずね、ようやくアステリアが住んでいるという家をさがしあてました。家の前で子守をしていた女性がふっと顔をあげ、子をあやしていた手をやめ、ナミをまぶしそうに見つめます。
「ナミ？」
「アステリア！」
　ナミは思わず駆けよります。
「すっかり変わってしまったでしょ」
と、アステリアが言います。
「あなたたちの密航のうわさは聞いていたのよ。ともかくあなたたちが発って1年後くらいにアテネの役人がやってきて、神殿の神官の方々を追いだしてしまったの」
「いつ結婚したの？」

「7年前よ」
「相手は？」
　アステリアが少女のようにてれていると、家から男の子の手をひいて頭をかきながら男が出てきました。
「タウ坊！　あ、いや、タウロス」
「よっ、久しぶり。タウ坊でいいよ」
「おどろいたでしょ。わたしもこれと結婚するとは思ってもみなかったわ」
「よく言うよ。こっちだって、何が悲しくてお前と結婚する羽目になったんだか」
「ほら、聞いたでしょ。口の悪さは昔と変わってないんだから」
「おたがいさまだね」
「あなた、それよりもう出かけたほうがいいわよ」
「はいはい、それじゃあ晩ご飯までにはもどってきますからねえ。ママの言うことをよく聞くんですよ」
と言うと、タウロスは出かけていきました。

「いずこも同じよ。うちのも猫かわいがりするだけで、しつけは母親まかせ。おまけに、おまえは叱ってばかりいる、って言うのよ。神殿がああいうふうになってしまったでしょ。だから定職にもつけなくて、昼間からごろごろしているから、うっとうしくって。ほら、神官学校生ってつぶしがきかないくせに、気位ば

かり高いでしょ。仕事を変えてばっかりだから、稼ぎだって中途半端。まったく頭にくるわ」
　と、アステリアは一気にまくしたてます。
　「でも、幸せそうじゃない」
　「いないよりはまし、って程度よ。でもね、昨年のデロス祭で結婚以来はじめていっしょに鶴の舞を舞ってくれたの」
　「あら、よかったじゃない」
　少女のような表情にもどったアステリアを見てナミも心がなごみます。
　「で、ナミは？　今何をやっているの？　神官が入れかわってしまってからあなたたちのうわさも耳に入らなくなってしまって、心配していたのよ」
　「え、ええ、わたしはアテネで働いているわ。今回はサモスに用件があって行ってきたところなの」
　「エーゲ海をまたにかけているのね。やっぱりナミはわたしたちとは違うわ」
　情報が伝わるのがおそいのか、単に興味がないだけなのか、アステリアはアテネとサモスとの戦いのことは知らないようです。
　「ナギくんは？　元気なの？」
　ナミがだまっていると、まずい質問をしたと感づいたらしく話を変えます。
　「そうそう。モライアは島が浄化されそうになったときに、テノスに移ってしまったわ。こんな町、もう住めない、って言って」
　アテネ人の中には、デロスを浄化すべし、という声が少なからずありました。

墓をとなりのレニア島に移し、人々も強制移住させてしまおう、という案です。幸い、アスパシアのおかげでその件はうやむやになっていました。

「モライアのところはすごいわよ。テノスでばりばり働く商人と結婚したものだから、御殿みたいなところに住んじゃって。もっとも本人は、夫がめったに家にもどらないから未亡人みたいな生活だってぐちを言っていたけどね」

ひととおり近況を伝えあうと、今度は巫女学校時代の話に花が咲きます。アステリアが言います。

「わたしなんか、なんとか卒業できたけど頭の中はカオスだったわ。よくニケ先生にも怒られたし。ただ一つおぼえているのがカオスの話。ほら、ペルシャよりももっと東のほうにある国から伝わってきたというカオスの話のほう。カオスに目と鼻の穴がないからかわいそうだと言って穴を一日ひとつずつ開けてやったら、七日目にカオスは死んでしまいました、ってやつ。やっぱりカオスを無理にコスモスに仕立てあげようとするとよくないのよ。わたしの頭にいろいろとものをつめこむようなものだわ。アテネの人がたくさん来るようになってからこの町も整然として潤ってきているけれども、昔のごちゃごちゃしていたころのよさはなくなってしまった気がするわ。見たでしょ。昔、学校にいっしょに通った掘立て小屋の道も、いまでは石造りの家と石だたみの道で埋めつくされちゃって」

「そう言えば、ニケ先生、どうしているの？」

「あの先生はしばらく前に亡くなったわ。そのすこし前に何人かでお会いして、昔の非礼をおわびしたのだけれども、あなたのことをよくおぼえていらしたわ。

あのときあんなに叱らなければよかった、あの娘はほんとうにかしこい子だった、わたしよりも物の理(ことわり)をよく理解していた、とくり返し言ってらしたわ」

　アステリアと別れると、ナミはひとりでキントスの山に登りました。途中の道はずいぶん家も立ちならんでにぎやかになっていました。眼下には、昔よりもずっと立派になったデロスの町なみが見えます。島々は昔と何も変わることなく、同じ場所にぽっかりと浮かんでいます。青いエーゲの海も昔のままです。
　山頂にたどりつくと、男の子と女の子が鶴の舞を舞っていました。ナミを見ると、すこしてれたように手をすっと離します。ナミはほほえんで思わず声をかけます。
「あなたたち、この島の子ね」
　女の子のほうが答えます。
「うん、お姉さんはアテネの人ね」
「どうしてそう思うの？」
「その服としゃべりかたでわかるわ」
「そう。でも、わたしもここで生まれ育ったのよ。おうちはどちら？」
　男の子のほうが南のほうを指さします。
「神殿の近くはアテネから来たお金持ちしか住めないからね」
　女の子は手に持っていたカモミーユの花束をナミにさしだします。あまずっぱい香りがあたりにただよいます。

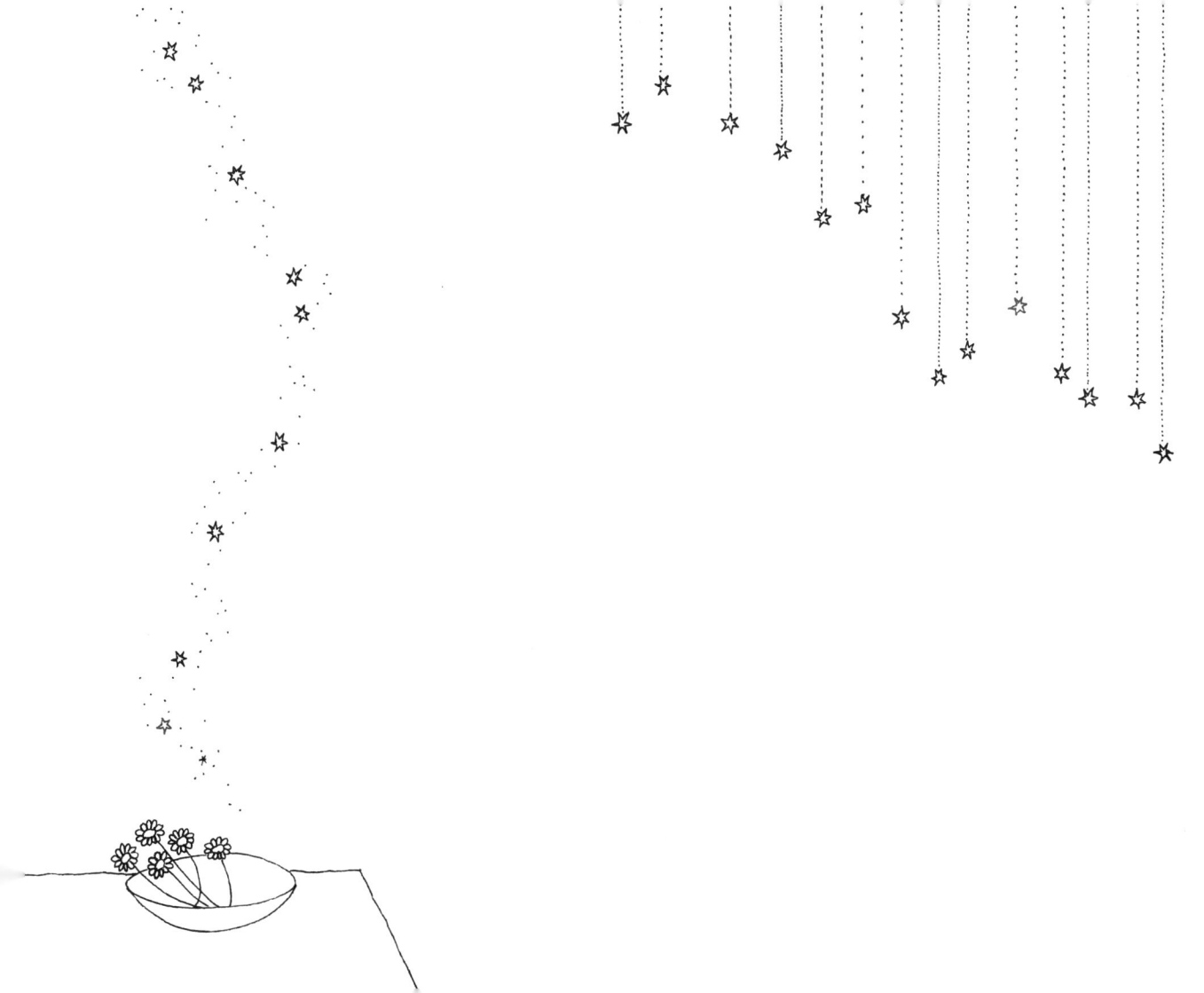

ナミは子どもたちの邪魔をしないよう山を下りていきました。もらってきたカモミーユをさした浅い花びんをテーブルにおくと、ひとりでそっと鶴の舞を舞います。舞いながら涙があふれてきます。ナミはそのまま泣きくずれてしまいました。

※

　ナミはデロス滞在を早めに切りあげてアテネにもどってきました。泣いてふんぎりがついたのか、さっぱりした顔をしています。十年後に会おう、という話をしたときには夢物語だと思ったのに、つい期待したばかりに、理性的に考えられなくなってしまった自分をふり返るゆとりも出てきたようです。ナギをサモスから救いだせばもしかしたら、などという甘い考えがなかったとも言いきれません。自分のことになるとだめね、と苦笑します。
　そんなある日、ヘロドトスがアスパシア邸にやってまいりました。ナミがアスパシアに取りつぎごうとすると、それをさえぎります。
　「いや、今日はきみだけに会いにきたんだ」
　戸口に立っている奴隷を気にするそぶりをするヘロドトスを見て、ナミが席をはずすよう目くばせします。ヘロドトスは、奴隷が立ち去るのを見送ってからナミのほうに向き直ります。
　「じつはフィライオス家からの極秘情報なのだが、ナギが生きているらしい」

ナミは、そのようなことはとっくに知っていますよ、と言わんばかりに、苦笑を交えた顔をヘロドトスのほうへ向けます。
「ええ、聞いています。エルピニケのもとに身を寄せているとか」
　今度はヘロドトスが笑みを浮かべる番です。
「やはり、きみは何も知らないようだね。どうも、サモスの陥落後に、奴隷に身を落として脱出したらしい。政策会議の議長は、高潔で公正無私な人物だったと同時に、機転のきく男で、サモス陥落の数ヶ月前にナギがフィライオス家の手引きで脱出した、といううわさをまいたうえで、奴隷に仕立ててかくまっていたらしい。その議長がとらえられたとき、家人に奴隷だと主張してもらったおかげで身許がばれずに、奴隷としてその主人といっしょにアテネに連れてこられたようだ。もっとも主人のほうは気の毒に処刑される前に獄死してしまったらしいがね」
「ナギが奴隷」
　ナミは自分の呼吸が荒くなってくるのを感じます。たいせつな人が奴隷と聞いてよろこぶひとも少ないでしょうが、久しぶりに水を得たイルカのように飛びはねたい気分になりました。ようやく呼吸が落ちついてくると、自分のよろこびをあまり気どられないよう、下を向いたまま言います。
「奴隷から救いだす手立てはあるのかしら」
「うん、それで今日は報せついでにやってきたというわけだ。フィライオス家の連中もナギのことは救いたがっているのだが、政敵、つまりきみたちにつけ入

れられるのを恐れている」
　勘の鋭いナミは話が見えてきました。
「つまり、ナギを奴隷のせりに出せば気づかれるおそれがある。そこでせりには出さずにフィライオス家の手に入るようにしろ、ということですか？」
「うん、なんとかひとに知られないように」
　ヘロドトスが言い終える前にナミがさえぎります。
「それはわたしにはできません」
　ヘロドトスがすこしおどろいたようにナミを見ます。
「それは法(ノモス)を曲げる行為です。わたし自身が上に立つ者とは言いませんが、そういう方につかえる者がそのようなことをすれば、社会の秩序はくずれ、ポリスの根幹をゆるがすことになるでしょう。ヘロドトス、これはあなたがわたしに教えてくれたことなのですよ」
「わかった。それでは正攻法でいこう。ただその場合、きみが言ったように、『救いだす手立て』はあるかな。とにかく、処刑されないまでも、このままラウリオンの鉱山労働用にせり落されでもしたら、数年で廃人になってしまうからね」

※

　その数日後、アスパシアが、ナミのところに来ました。

「サモス出立前に伝えた話、考えてくれた？」
　ナミはしばらく言葉を選ぶように考えていましたが、ようやく口を開きます。
「わたしは巫女の修行をしてきた身。アポロンさまというお方に嫁いだようなものですから、このお話はなかったことに」
「そういう返事をしてしまっていいの？　一時の言いのがれをすると後で他の人と結婚したいというときに、自分の首をしめることになるわよ」
　ナミが返事につまっていると、アスパシアがききます。
「いい話だと思うけれども。あなた、まさか他の女と駆け落ちしてしまった男を待っているのではないでしょうね？」
　そうではありません、と言おうとして、ナミは言葉を飲みこみます。そのかすかなしぐさに感づいたアスパシアが言います。
「先日、ヘロドトスがあなたにだけ会いにきて、しかも人ばらいをして話しこんでいった、と聞いたけれども」
と、ナミの顔をじっと見つめます。うつむいてだまっているナミをのぞくように見て、アスパシアが言葉を続けます。
「違うのね。しかも、ひょっとして生きているの？」
「このことはだれにも」
と言いかけたナミを制止します。
「言わないわよ。監督不行き届きでわたしも罰せられてしまうわ。そうでなくてもペリクレスの政敵がわたしたちのあらさがしをしているのだから。でも、そ

う、そうだったの。それではしかたないわね。とにかくこの縁談はなかったことにするわ」
「すみません」
「いいのよ。他に想っている男性がいたのでは、あちらにも失礼だものね。あちらには太陽の神アポロンさまと結婚することになっているから、と言っておくわ。で、どこにいるの？」
　ナミがどう言おうか迷っていると、アスパシアが言葉を続けます。
「サモスは脱出したの？」
　ナミがうなずきます。
「どこに行ったのかしら？」
　ナミはもう覚悟を決めます。
「アテネにいるそうです」
　アスパシアはおどろきます。
「見つかったら間違いなく処刑よ。で、どこにいるの？　まさかヘロドトスがかくまっているのではないでしょうね」
「奴隷に扮して、アテネに連れてこられて、いま牢に入っているそうです」
　そう言うと、ナミはヘロドトスとの会話をそのまま伝えた後、付け加えます。
「民衆を導く立場にあるペリクレスさまとアスパシアさまにおつかえするわたしは他よりも一段と高いモラルが求められます。今回の件をご報告しなかったことも処分に値すると思っております。わたしの怠慢もふくめ、いかようにも処分

していただければ、と思います」
　「あなた、法(ノモス)は人を救うためにあるのよ。ときには例外も必要だわ。でも、わかりました。あなたには宿題を課します。戦争で得た国家奴隷は身代金を払う者が現れないかぎり、せりにかけることとなっています。この決まりをやぶらずにナギを救いだす方法を考えてちょうだい。いいですか。これは命令です」
　ナミが頭を下げかけると、アスパシアはおわびもお礼も必要ないわ、というように手を上げてナミの部屋を出て行きました。

　ナミは煮つまってしまいました。へたに動いて、うたがわれて調べられたら最後、戦犯として処刑されるのは火を見るより明らかです。身許のばれやすい身代金の支払いなどもってのほかです。ヘロドトスはフィライオス家がナギを救いたがっていると言っていましたが、それを信じていいのかどうかもわかりません。フィライオス家が恐れているのが、ナギの口から同家の画策が明るみに出ることだとすれば、ナギが消されてしまわないともかぎりません。それにもしそうならだれにも知られないように事を運びたいというフィライオス家の要望とも合致します。そうでなくともエルピニケがナギを救いだして囲ってしまうのではないか、という余計な心配までしておりました。
　いずれにせよ、フィライオス家が信用できないとすると、せりにかけたときに奴隷商人以外にナギをせり落してくれそうなのは、アスパシアかヘロドトスくらいのものです。アスパシアがせり落そうとすればフィライオス家は当然せってく

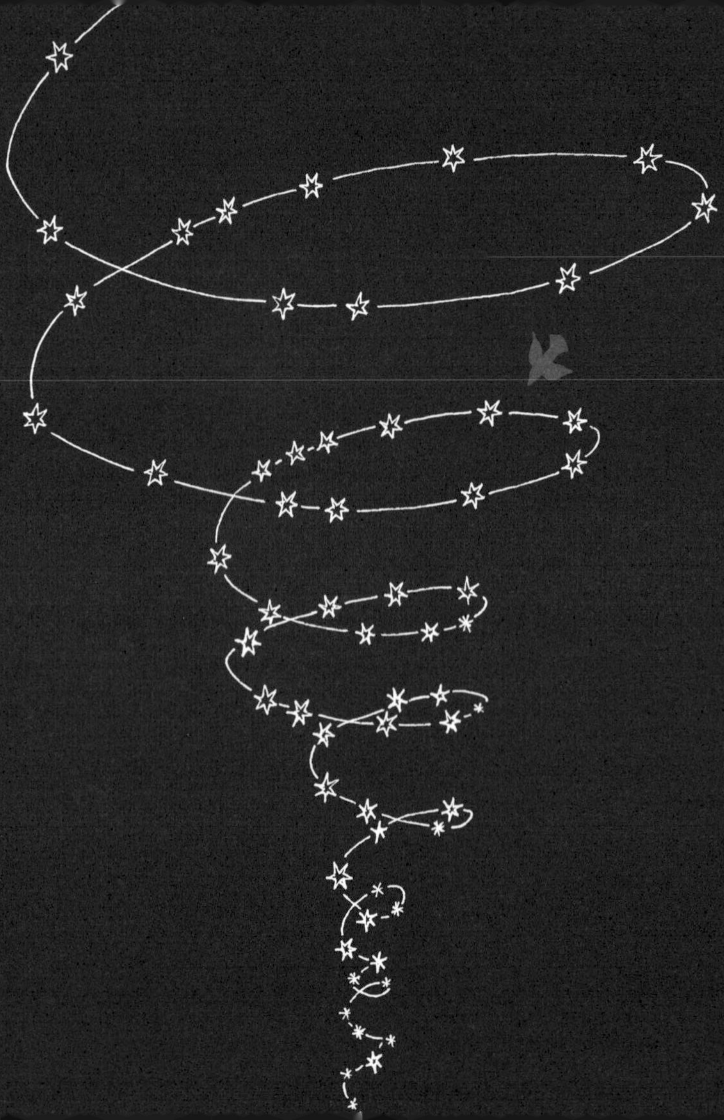

るでしょう。一人の奴隷の価格があまり上がると、目だちすぎてこれも逆効果です。

　ここはフィライオス家とも仲のいいヘロドトスにたのんでナギをせり落してもらうほかないようです。しかし、ヘロドトスがせり落した場合も、その後でナギをどこへ連れていくかという問題は残ります。それに万が一ヘロドトスがナギをフィライオス家に手わたしてしまったらどうなるのでしょう。いつもはヘロドトスを慕っているナミでしたが、急にかれのことまで信じられなくなってしまいました。

※

　そんなある日、ヘロドトスのところへ一人の盲目の男が少年に伴われてやってきました。身なりは質素ですが、おだやかな気品が感じられます。ヘロドトスは思わず立ち上がります。
　「どちらさまでしょう？」
　「見てのとおり、一介の旅の者です」
　「どういったご用件で」
　「奴隷を一人わたしにゆずってほしいのですが」
　「わたしのところにはおゆずりするような者はおりませんが」
と、ヘロドトスがいぶかりながら答えます。

「いえ、これからフィライオス家の代わりにお買いになろうとしている奴隷のことです。かれをせ・り・落したうえで、いっしょにトゥリオイに連れていってやっていただきたいのです、ほとぼりがさめたら自由人にするという約束で。もちろん、お金は出します」
　そう言うと、男はドラクマ銀貨でずっしりと重い袋をさしだします。
　ヘロドトスはあやしみ、たずねます。
「事情によってはお力になりましょう。くわしくお話いただけませんか？」
「よろしい、お話しましょう。ただし、このことは内密に」
　男が話をした後、長い沈黙がおとずれます。やがて、ヘロドトスが口を開きます。
「そうですか、ナミの……。しかし、なぜ娘さんに名乗り出ないのですか？　彼女はあなたに会いにわざわざデルフィに行かれたのですよ」
「デルフィの神託にも名乗り出てはいけない、とありましたし」
「あの神託の出されかたはあなたのほうがよくご存知でしょう」
「はい。ですが、盲目の父親がいては、何かと足手まといになりますので」
　ものしずかな口調のうちに、固い決意を見てとったヘロドトスはこれ以上説得してもむだであることをさとりました。男はナギをフィライオス家にひきわたさないよう、時が経ったら自由人にしてやるよう念を押して帰っていきました。

※

「ナミ、あなた、トゥリオイに行ってくれる気ない？」
　突然のアスパシアの申し出にナミはさぐるように相手の目を見つめます。
「トゥリオイはこれからアテネの戦略上重要な拠点となる可能性があります。あそこの情報を継続的にほしいわ。とは言え、いいかげんな者にはまかせられないし、だれがいいかな、って考えていたところなのよ」
「左遷、ですか？」
「栄転よ」
　ヘロドトスがナギをせ︒り︒落してトゥリオイに連れていく手はずになっているということを内々に聞いていたナミはアスパシアの考えをすばやく読んで答えます。
「わたし、アテネで充実しています。それにわたしは」
と言いかけて、ナミは口をつぐみます。
　このころではもう言いたいことがおたがいにわかるようになっていたアスパシアが言います。
「それは妻にする女を家に閉じこめておこうというアテネ市民の風習よ。新大地まで行ってそんなこと気にすることないわ。総督府の副官として仕事をしてもらいます。あなたの知力とナギの行動力が新植民地の建設には欠かせないわ。じつはもう話を通してしまったの。あなた、ヘロドトスとは仲がいいし、プロタゴラスのことも知っているでしょ。かれらと協力して、新大地での市民は最初の入植者に加えて、それらと結婚したもの、特別の功績があったもの、トゥリオイで

生まれた自由民、そういうふうに市民層を厚く広くしていけばいいじゃないの。いろいろな考えの人が集まれば、ここアテネよりもずっと風通しのいい住みやすい汎ギリシャ的なポリスができると思うの。やりがいのある仕事よ。ペリクレスの意図とはすこし違ってしまうけれどもね」
と、ぺろっと舌を出します。
「でも」
「あなたは総督府の副官、相手は文なしの一私人よね。でも、かれがほんとうに度量のある男だったら、身分がどうの、地位がどうのなどとつまらないことは言わずに、あなたの助言を受けいれて成長していくでしょう。それにあなたがいれば、かれも出世するかもしれないわよ」
　アスパシアの言葉には、ペリクレスをならぶもののない一流の政治家に育てあげた自負のようなものが感じられます。ペリクレスもアスパシアの貢献を公にする度量がありました。ナミはそこまでの自信も願望もありませんでしたが、ナギさえ気にしなければ、またいっしょにいられるかもしれない、そんな希望をいだかせるような一言でした。ナミは決心したように言います。
「わかりました。あなたのご命令とあればトゥリオイでもどこでもまいります」
「素直じゃないわね。ま、いいでしょう、そういうことにしておいて。残念だけど、もうすぐお別れよ。したくを急ぎなさい。ナギがせり落されしだい出発よ。後のことは心配いらないから」

トゥリオイに向けて移民船団が出航する日が近づいてきました。一族の者や見物人などでペイライエウスの港はごったがえしています。
　アテネのアスパシア邸でも数日前から移民船団の話で持ちきりでした。
「南イタリアよ」
「どんなところかしら」
「とてもきれいなところらしいわよ」
「わたしも行ってみたいわ」
「せめて、ペイライエウスの港に見送りに行きましょうよ」
　ナミはその話の輪には入らず、最後の奉公とばかりにいつにも増して一心不乱にアスパシアへの報告をまとめています。いえ、それはあくまでも自分に言い聞かせている言い訳です。ほんとうは、せりのことが気にかかって仕事でもしていないと気が狂いそうになってしまうからでした。ダフネが声をかけます。
「ナミさん、いっしょに港に行きませんか」
「え、わたしはすこしまとめないといけないことがあるから」
「相変わらず仕事熱心ですね。そんなに仕事ばかりしていると身体をこわしちゃいますよ」
　ダフネたちは、がやがやとさわぎながら出かけていきました。

「ナミ、ちょっといい？」
という声に顔をあげるとアスパシアがしずかに見下ろしています。
「さきほどヘロドトスが使いの者をよこしてね。いい知らせと悪い知らせがあるの」
ナミが身がまえるような顔つきになります。
「いい知らせというのはね、ヘロドトスの知りあいの奴隷商人がナギをせり落した、ということ。もうヘロドトスの家にいるそうよ」
「悪い知らせというのは何でしょうか？」
ナミは一瞬ほっとしながらも、緊張した顔をくずさずにききます。アスパシアがめずらしく言葉をさがしています。
「落札価格が、その、1ドラクマだったそうよ。最初に手を上げたら、そのまませり落してしまったらしいわ」
ナミの顔から血の気が引きます。1ドラクマといえば肉体労働者一日分の賃金です。それで一人の人間が買えてしまったのです。それは何かナギに「問題」があることを意味していました。ナミがさとったのを見て、アスパシアが続けます。
「サモスの首謀者の家の奴隷として連行されたために拘留中に拷問されたらしいの。牢でフィライオス家の者が見たときには薄暗がりで気づかなかったらしいのだけれども、相当ひどい拷問だったらしくてね、ヘロドトスのこともわからないみたいで。医者も治療を放棄したらしいわ。もっとも、これでナギも処刑されることはないだろうけど」

健康ということをあまりにも当たり前のことと思っていたナミには考えつきもしなかった展開です。一瞬目の前が真暗になるような感覚をおぼえながらききます。
「どういう状態なのですか？」
「下半身が動かないようなの。左眼がつぶれて、右眼も見えなくなっているらしいわ。命には別状はないらしいのだけれどもね。ヘロドトスはこのままアテネにとどめることは危険だし、どのみちトゥリオイに行くから、体力が回復ししだい、予定通り連れていくとは言ってきているのだけれど、本人が精神的にも病んでいるみたいで」
「とにかく、わたし行ってきます」
　アスパシアが思いつめたようなナミを見つめます。
「ねえ。かれのことはあきらめるのも一法よ」
　ナミはふらふらと立ち上がるとアスパシアの制止も耳に入らないかのように、外へ出て行ってしまいました。

　　　　　　　　※

　ヘロドトス邸でナギを見たナミは、さすがにおどろきました。話を聞いていなかったら悲鳴をあげていたかもしれません。
「われわれが近よるだけでびくっとふるえるのだ」

と、ヘロドトスが小声でナミに告げます。
「きみになら心を開くかもしれない」
　ナミがふれようと近づくとその気配を感じたのか、おびえたように身体をよじります。
「わたしよ、わかる？　ナミよ」
「ナ、ミ？」
「そう、そうよ」
「こんなすがたで、きみにだけは会いたくない」
「どうしてそんなこと言うの」
「ともかく、帰ってくれ」
　ナミはうなだれて帰途につきました。かれのことはあきらめるのも一法よ、というアスパシアの声が耳の中で鳴っています。
　戸を開けると、めずらしく玄関ホールでアスパシアが書物を読んでいます。ナミがそこを通り抜け自室に行こうとすると、アスパシアが呼びとめます。
「お茶でも飲みましょう」
　カモミーユティーをいれた奴隷が部屋を辞すると、ふたりはしばらく無言のままお茶を口に運びます。アスパシアが言います。
「で、どうだったの？」
　ナミがしぶしぶありのままを答えます。
「あの子にはかわいそうだけれども、あなたの人生まで棒にふることはない

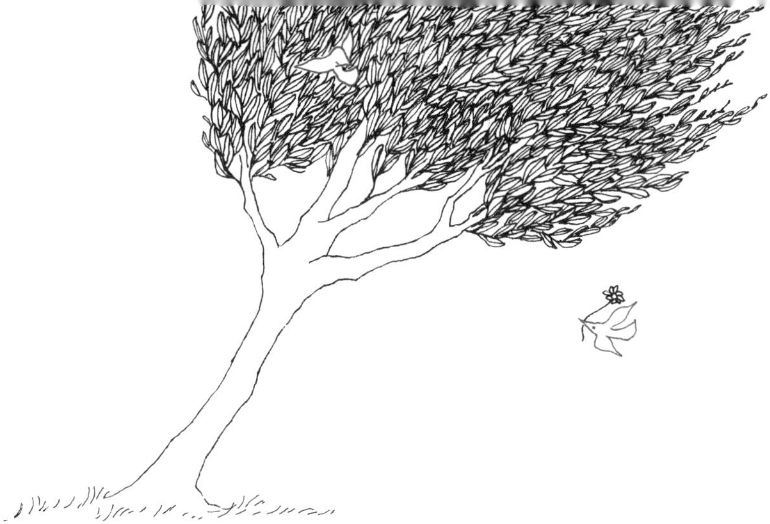

わ」

　そうかもしれない、とナミはふっと思いつつも、下を向いてだまっています。

「ねえ、あなた、もてるわよ。また一人、あなたを妻にと言ってきたわ。やはり前妻に先立たれて、跡継ぎはいる方だけれども」

　そのほうがいいのかも、と思いつつも、だまっています。沈黙をどう解釈したのか、アスパシアの声が急にとがってきました。

「どうしてそんなに強情なの。わたしは絶対に反対ですからね。これまであなたを実の娘のように育ててきたのは何もああいう人間の世話をさせるためではないわ。あなたには栄光が待っているのよ。わかる？　あなただって、これまで一生懸命やってきたじゃない。その努力がふいになるのよ。かれはもう昔のかれではないの。過去を捨てないと前へは進めないの」

　それでもだまっているナミを見て、アスパシアは最後通牒をつきつけるかのように言います。

「もし、あなたがあまりに強情なら、かわいそうだけれどもかれを官憲につき出して処刑させますから覚悟しなさい」

　この一言を聞いた瞬間、ナミの心の中で何かがはじけました。ナミは生まれてはじめてではないかと思うような反抗的な目つきで、アスパシアをにらむようにゆっくり顔を上げしぼり出すように言います。

「メトイコスと女性という二重のハンディキャップをあなたは克服しましたし、わたしもあなたのおかげでここまでくることができました」

その形相にたじろぎながらもアスパシアが言います。
「だったらどうして……」
「あきらめてはいけない。そうあなたから教わったのです」
「でも、人間できることとできないことがあるわ。このままかれをかかえたら三重苦よ。それにかれを選ぶということは、わたしのような道を捨てるということでもあるのよ。かれが気の毒なのはわかっているわ。処刑なんて言ったことは取り消すわ。わたしの裁量で身辺の世話をする者をつけます。その他、かれが不自由を感じないようなんでもやります。だから、わたしの言うことを聞いてちょうだい」
　メトイコスの女性がかかえる問題を自ら逆に利用し、自分と同様の境遇の女性の生きかたには鋭く気が回ったアスパシアも、これからのナギの生きかたには思いがいたりません。ナミは何かふっ切れたように、もうそれ以上は議論しようとせず、押しだまったまま自室に引きとりました。

　人の口に戸は立てられません。ナミとナギの話はすぐにアスパシア邸内に広まってしまいました。ダフネがナミに報告に来たついでに言います。
「ナミさん、えらいですね」
「え、何が？」
「何がって、ナギさんのことですよ」
「別にえらいとか、そういうことじゃないわ」

「でも、そうそうできることではありませんよ」
　ああ、この人もわたしのことをわかってくれない。そう思いながらほほえむと、ダフネはそれに気づいたのか気づかないのかわからないように言います。
「わたし、ナミさんに教わったんです。ナミさんを見るたびにああいうふうになりたいなあ、って思っていたんですけど、思っているだけじゃ何も手に入らないんですよね。
　これでもすこしは成長したんですよ。男の相手をして情報を引きだすなんて、あまり聞こえのいい仕事ではないですけど、聞いたことを漫然と報告するだけじゃなくて、大きな枠の中でとらえようと思って報告をまとめるようにしていたら、アスパシアさまが気にかけてくださって、今度からみんなが集めた情報をまとめる仕事に回されることになったんですよ。
　わたしがせっかく追いついたと思ったらナミさんはまた遠くへ行ってしまうんですね。ほんとうにこの人にはかなわないなあ、って思ってしまいました」
　アスパシアに影響を受けて、いつの間にかアテネという超大国の戦略策定に関わるようになっていたナミでしたが、自分が他の女性に影響を与えているとは思ってもみませんでした。こうやってひとの想いはつながっていくのかもしれない、そうぼんやり考えるナミでした。

自分の気持ちのことならなんとかなる、とナミは思っていました。しかし、かたくなにナミを拒むナギの心までは何ともしがたいのです。何度通ってもナギの態度は変わりません。ナミは途方もない無力感におそわれます。
「ナギをなんとかしてあげなくては」
　今日は闇夜。満天の星がこぼれんばかり。さそりが西の空にかかっています。そばには火星（アレス）がアンタレスとその赤さを不気味に競っています。

　天上では、神々がナギに関して議論をしています。
　戦いの神アレスが口火を切ります。
「男は戦さをするために生まれ、きたえられるべきもの。ああいう者についてここで議論すること自体、時間のむだというものだ」
　伝令神ヘルメスがなだめます。
「まあ、そう言わずとも父神ゼウスの思し召しなのだから」
「しかし、ふつうの人間ですらほとんどの者は役に立たないと思っているのに、あのような者の面倒は見きれぬ。早く、黄泉の国の叔父君ハデスにひきわたすのが温情というものであろう」
　鍛冶の神ヘファイストスが反論します。
「アレス、きみはどうも戦場で役に立つ人間がえらい人間だと考えているようだね。わたしはかれと同様の肉体を持ちながら、ここ神の国で不自由を感じたことはない」

「それはおまえが神だからであろう」

「いいや、地上にはわたしのような者に対する障害が多すぎる。障害は個人が持っているものではなく、世の中が持っているものだということがわからないのだろうか」

「何を言っているのかわからん」

「アクロポリスの神殿には階段があるが、それはなぜだと思う」

「それは、人間は神と違って、神殿に上るには階段が必要だからだ。そのようなつまらん質問をするな」

「そのとおりだ。しかし、つまらない質問ではないぞ。人間たちがすべてわれわれのように跳びはねることができたならば、階段など作ろうとは思いもよらなかったに違いない。つまり、かれら人間にとってアクロポリスの壁は越えがたい障害だったのだ。われわれにとってはなんでもないことでもな。地上では、多くの人が上れない段差には階段がつけられ、障害を取り除く工夫がなされる。しかし、多くの人が上れるところは障害とは呼ばず、階段も作られることはない。代わりに上ることのできない人のほうを障害者と呼ぶ。よいか、アレス。かれが障害者なのではなく、世の中がかれのために障害を取り除く努力をしていないのだ。場合によっては、障害を作りだしてしまうことすらある。

いつの日か障害がすべて取り除かれる日も来るが、時間はかかるだろう。いま、かれに必要なのは支えである。その支えになれるのはあの娘をおいてはない。わたしがあの娘の枕元へ行って勇気をふきこんできたいと思う」

ここでヘファイストスの妻、愛と美の女神アフロディテが夫を援護します。
　「では、わたしが共に行って、愛と美をふきこんでまいりましょう。目や脚を失っても歓びまで失う必要はありませんから」
　ヘファイストスがアフロディテを見やります。アフロディテがそれに気づきます。
　「あなたの言いたいことはわかっているわ。でも、ここで必要なのは全人類を包みこむような愛ではないわ。憐れみと区別がつかないような利他的な支えでもないわ。かれを一人の男として望む利己的な愛なのよ」
　ヘファイストスは、きみはそれでいいよ、と言わんばかりにほほえみます。
　神々の中で最も美しい女神と最も醜い神は手に手をとって地上へ降りていきました。

　ナミがはっと気がつくと、いつの間にか火星はさそりとともに沈み、明けの明星がオリオンとともに東の空に輝きはじめておりました。

※

　つぎの日、気をつかったヘロドトスがふたりだけにして部屋を出ていった後、ナミはナギに近よると、ほおをすりよせます。ナギがびくっとします。
　「もう来るな、と言っただろう」

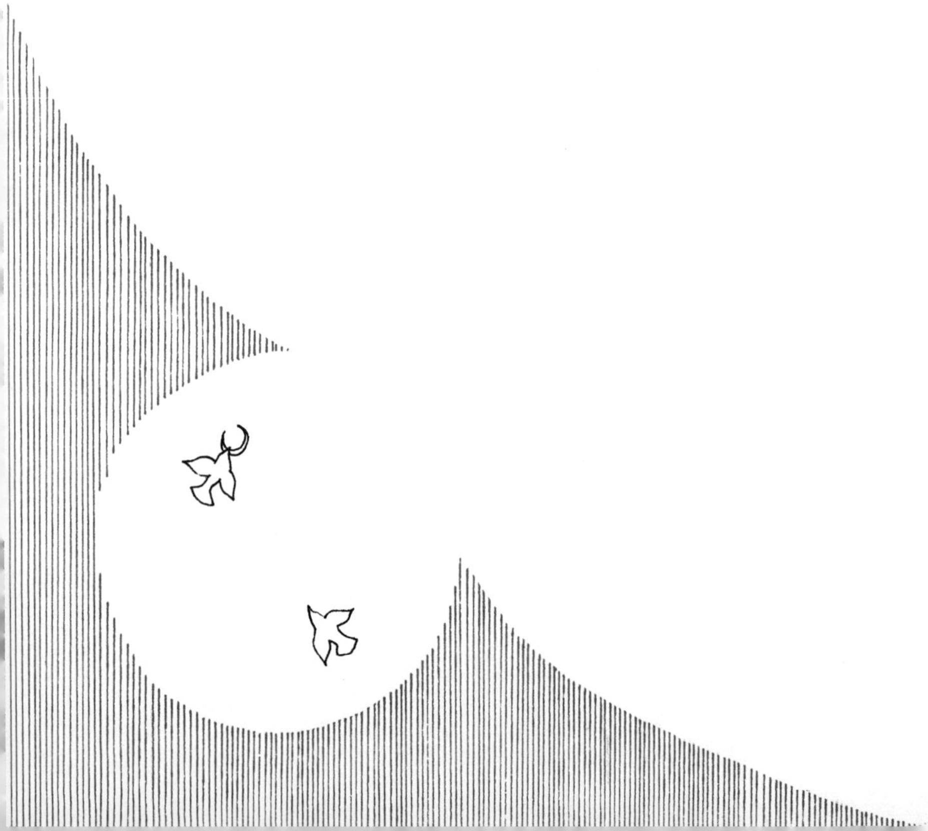

と、ナギがナミを押しのけようとします。ナミはナギをだきしめます。ナギはナミをふりはらおうとしますが、弱った手足では、それもかないません。
「同情はやめてくれ」
「愛情よ」
　ようやく、おとなしくなったナギからナミは頬を離し、ナギの口元に人差し指を立ててしずかにしているように、と合図します。ついでナギの服を下ろします。やせ細った上半身にむちの跡が痛々しく残っています。ふつうなら目をそむけたくなるようなその身体をナミはいつくしむようにやさしく指先でなぞるようにふれます。ゆっくりと、ゆっくりと。ナギは抵抗しようともせず、されるがままになっています。ナミはついで自分のキトンを外します。上体をすこし傾けて、ナギをそっと包みこみ、腕をしずかに背中にまわすと、ナミのぬくもりが伝わっていきます。そのぬくもりで氷が溶けるように、ナギの硬くこわばった身体がすこしずつやわらかくなっていきます。ナミも同じぬくもりを感じながら、いつまでもじっとしておりました。

　　　　　　　　　　※※※※

　地中海を西に向かう船の舳先（へさき）で夕日を顔にあびているふたりがいます。
　ナギの横顔を見ながら、ナミはヘロドトスのことを一瞬うたがったことを申し訳なく思っておりました。そのときヘロドトスは、銀貨のつまった袋をナミにわ

たしながら、
　「わたしにではなく、あなたのことを陰から見守っている人に感謝しなさい。これはその人からの祝い金だ。新しい生活をはじめるにあたっていろいろと物入りだろうから、これを使いなさい。それからキケロスとニーモニデスも存命だ。キケロスはスパルタに亡命してしまったが、ニーモニデスはトゥリオイできみのことを待っている」
と言っていました。ニーモニデスが生きている。ナミはにわかには信じられないような、でもとても幸せな気分になりました。しかし、祝い金をくれた人については、ナミにはだれのことか見当もつきません。
　「見守っている人、か。神託が偽りを言ったのかしら」
とつぶやきかけて、まさかね、と自分の考えを否定します。
　船が出港する直前まで、恩人のアスパシアのことも信用していませんでした。最後にアスパシアが見送りにペイライエウスまで来たとき、つい身がまえてしまった自分が恥ずかしくなります。
　「ナミ、あなたには負けたわ。これはせん別代わり、向こうの総督に当てた紹介状よ。ナギが自由民になったら、顧問役にするよう書いておいたわ」
　「そう言えば、わたしはナギのこともうたがったわ」
と、ナミの想いは宙を舞います。
　「奴隷になったと聞いてよろこぶなんて、どうかしているわよね」
　考えこんでいるナミをナギが見ているような気がして口を開きます。

「わたし、サモスで捕虜が船に乗せられるとき、目をこらしていたのにあなたを見つけることができなかったわ」

「それは、きみが奴隷なぞ見向きもしなかったからさ。ぼくの勝ちだね。もっとも、サモス＝アテネ紛争でのきみの勝利から見れば豆粒みたいなものだけどね」

ナミは首をふって、勝利だなんて、とつぶやきます。

「きみの目をあざむけたのだから、アテネの役人の目をあざむけたのもうなずける。もっとも、こんなふうになるのなら、冥府(ハデスのもと)へ行ったほうがよかったかもしれない」

「何言ってるのっ」

そのさけびを聞いて、ナギの表情がかすかに変わります。その変化に、昔のナギの茶目っ気を見てとったナミはうれしくなります。

「アテネは向こう岸だったけど、サモスもこちら岸ではなかった。プリエネやミレトスにきばをむいたのはサモスだからね」

すこし会話がとぎれます。

「トゥリオイってどんなところかしら？」

「ゆるやかに、湾のように弧を描いた砂浜。それを取り囲むように連なる山々。オリーブや、月桂樹や、オレンジの木が生えている豊かな大地。そんなところらしいよ」

「早く見たいわ。あ、ごめん。ナギは見られないわね」

「ううん、ナミは風景を見る。ぼくは匂いを感じる。それでいいと思うな。きみがいることも匂いでわかる。それより、トゥリオイにはいろいろな人がやってくる。出身地やすがた形では差別されない社会ができるかもしれない」
　そう言うと、ナミの存在をたしかめるように顔を近づけます。ナミがそれにあわせてよりそいます。キトンをたぐる手がブローチにふれます。指先がその形をたしかめるようにゆっくりと動きます。
「あ、これ」
　ポセイドンの三叉の矛とイルカをあしらったブローチです。
「そう、あのときテノス島で買ったものよ」
「あのときの葡萄酒代、返してね」
　ナミはすこしはしゃいだ気分になります。
「そういうところはよくおぼえているんだから。現物支給してあげるわよ」
「久しぶり、だね。こういうふうに夕日を見るの。いや、見る、というのは、正しくない。感じる、かな。潮の香りとイルカやカモメたちの声でわかる」
「ええ」
　潮風と光がほおをなでます。

　イルカがぱーんと飛びあがります。アドリア海に太陽が沈んでいきます。明日もいい天気でしょう。

哲学する娼婦 ヘタイラ

　古代アテネの政治制度は市民による全員参加型の直接民主制である。その一方で、参政権を持つ「市民」を厳しく制限したことでも知られている。推定 45 万人（20 万という推計もある）の人口のうち政治に参加できたのは成人男性市民 4 万人程度にすぎず、女性、在留外国人（メトイコイ）および奴隷は排除されていた。メトイコイの男性は生産活動や商業活動に従事することでアテネ社会を経済面から支え、戦時には兵力の一部にもなった。

　アテネ社会における女性の立場もまた特徴的である。市民の女性は男性市民の正妻となって市民権を持つ嫡子を産み、家事や子育てに専念することがほとんどだった。政治参加は認められず、日常においても小麦 1 メディムノス（約 40kg、現在の価値で 3 ～ 5 万円）を超える高額の契約は禁じられるなど、政治的・社会的権利をかなり制限されていたのである。

　それに対し、メトイコイと奴隷身分に属する女性は男性同様、経済活動に従事していた。ただし、メトイコイ身分の女性の職業としては、ヘタイラが多かった。ヘタイラは高級娼婦とも訳され、市民が集うサロンなどで教養や性を売り物にした。同じように「娼婦」と訳されるが、娼館で男を待つポルノイとは社会階層上大きな隔たりがあったという。

　このような社会環境の中で、女性かつメトイコイ身分でありながら絶大な存在感を放つ人物がいた。ペリクレスの愛人として知られるアスパシアである。彼女はミ

レトス出身で、姉の夫（義兄）のアテネからの追放期間が終了したのを機に、姉一家とともにアテネに移住した。ヘタイラとなったアスパシアは、他のヘタイラたちに修辞や哲学、宗教や詩歌を教えるサロンを開く。そこにはペリクレスなどの政治家やソクラテスなどの哲学者も話を聴きにきたという。

　アスパシアは後にペリクレスと結婚、子供ももうけた。しかし、彼女の移住と時期を同じくして制定されたペリクレスの市民権法のために庶子とみなされてしまう。後にペリクレスが子供の市民権を例外的に認めさせたことなどから、アスパシアはペリクレスを性的魅力で惑わせた悪女である、という記述も残っている。だが一方で、彼女にはペリクレスやソクラテスの弁論の師と言われるほどの洞察力と教養があったという。非難と賞賛が入り混じる神秘的で魅力的なキャラクター、それがアスパシアなのである。

with kanako yoshikawa

Madeleine M. Henry
"Prisoner of History: Aspasia of Miletus and Her Biographical Tradition."
女性の視点から迫るアスパシアの実像と虚像。

善美からの逸脱 障害者たち

　均整のとれた肉体。輝く知性。ルネッサンス期の絵画では、「理想的」な体型の古代ギリシャ人たちが美しい建物の中で議論を交わす姿が生き生きと描かれている。まるで、かれら以外はこのような場にふさわしくないと言わんばかりである。もちろん、絵画の中に障害者はいない。

　障害者に関する記述は必ずしも多くはないが、実在の人物や神話上の神もいる。吃音症の演説家デモステネス、盲目の吟遊詩人ホメロス、赤子のときにかかとを傷つけ棄てられ、後に運命を呪って自らの目をえぐったテーバイ王オイディプス、そして足の不自由な神ヘファイストスなどである。この他にも障害者はそこここに登場する。

　『歴史』の中で多様な社会を描いてみせたヘロドトスは、障害者に関する記述も忘れなかった。コリントスの支配者バッキス一族の女性ラムダは肢体不自由であったがゆえに同族内では結婚ができず、別の家に嫁いだ。そして、産み育てた子がコリントスを奪取したという。単一の善美を追究するあまり、障害者との結婚は耐え難いものである、と記述したプラトンと対比すると興味深い。

　古代ギリシャには障害児を遺棄する習慣があったとも言われる。プラトンやアリストテレスの著作にも障害児を遺棄することを奨める記述がある。しかし、これらの記述は実際にはそれとは反対に障害児を育てる家庭が多かったことを示唆している。

現代のほうが障害者にやさしい社会である、という一般的な考えすら、われわれは疑う必要がある。たとえば、古代ギリシャにおいては、盲目は生活上のハンディキャップにこそなれ、学問をするうえでのハンディとはあまりならなかったらしい。書物よりも対話を通じた勉学が大きなウェイトを占めていたからである。また記録を残す場合も読み書きのできる奴隷が口述筆記をしていたという研究もある。反対に、ろう者は古代ギリシャにおいてはより大きなハンディを抱えていた。対話ができないことは知的能力の欠如ととらえられたからである。障害はそのときの社会との関係の中で規定されていくのである。

　オリュンポス12神に足の不自由なヘファイストスを加えた古代ギリシャ人。かれらは後世に描かれた絵画とは異なり、多様な者から成る社会というものを認識していたのである。

Martha L. Rose
"The Staff of Oedipus Transforming Disability in Ancient Greece."
古代ギリシャにも障害者はいた。この視点から見ると、多様性はますます広がります。

あとがき

　ソ連邦が瓦解して平和になるかと思った。多様な人々から成る民主国家アメリカが世界の盟主になれば、世の中は住みやすくなると思った。

　そうかもしれません。あるいは、いつかそうなるかもしれません。

　でも、ほんとうにそうでしょうか。

　歴史はくり返しませんが、世の移り変わりについて、さまざまなことを教えてくれます。

　紀元前5世紀初頭、ペルシャを撃退したアテネは、ギリシャ世界の尊敬を集め、盟主、そして経済の中心として富み栄えます。しかし、皮肉なことに、今のアメリカなど比べものにならないくらいの徹底した民主制を国内で確立した後、対外的には民主的な盟主から力で支配する帝国へと変容していきます。同盟国の自治に介入し、貢納金を集め、意に従わない国々を武力や経済力で締めつけていくのです。

　一人勝ちのアテネは民主派のペリクレスの治下、分け前を移民に取られまいと純血政策を採ります。そのために市民になれなかった移民たち。その中に、主流から外れつつも、強い芳香を放った人物がいました。ペリクレスの「妻」アスパ

シアと「歴史の父」ヘロドトスです。その二人の許で、大人へと変わっていく少女と少年の目線で、この話を作りました。

物語は、「健全な利己心」が必要な市場経済から始まり、「健全な利他心」が必要な国家運営へと移ります。しかし、国家のことを 慮 (おもんぱか) る「健全な利他心」が戦争をひきおこしてしまいます。

もちろんアテネ一国が「悪者」ではありません。物語に登場する島国サモスももとはといえば自国の利害から自国より弱い相手との紛争をひき起こしたわけですから。アテネの話は民主主義万歳とか、帝国主義くたばれ、といった単純な話ではないのです。

共同体（オイコス）のあり方（ノモス）を問うオイコノミコスと国家（ポリス）のあり方を問うポリティカ。ともに、ギリシャ時代の言葉です。オイコノミコスはその後、発展して経済秩序を問うエコノミクス（経済学）となり、ポリティカは国家の秩序を問うポリティクス（政治学）となりました。とくにエコノミクスは、その発展につれて、不十分ながらも何をやるべきか、何をやってはいけないか、ということを少しずつ明らかにしてきました。それに比して、国家間の秩序のあり方を問う学問はまだ整っていません。

学問は役に立たない、という人がいるかもしれません。しかし、学問がわれわ

れに与えてくれるものは、ものの見方です。ものの見方なしにものごとを論じることはできません。乱暴なものの見方をすれば、ついてくるのは乱暴な結果です。

　乱暴でいい加減なものの見方で世の中の秩序のあり方のような大きなことを論じると、ひとりひとりの幸せは川の流れの中の泡沫のように無視されてしまいます。大きなことを論じる学問であっても、小さなところへの目配りを忘れてはなりません。平和で活気のある社会は幸せで活動的な個人から成ること、逆に平和と活気が得られない社会に個人の幸せや活躍の場もないこと、これらのことを踏まえた学問がいま求められているのです。

　次第にものの見方を学んでいく少女と少年の目線を保ちたかった理由もそのあたりにあります。同じ目線でみなさんが市場や国、そして国と国との関係について何かを感じとってくれたのならこれに優る幸いはありません。

2007年夏　　著　者

松井彰彦／スドウピウ
『市場（スーク）の中の女の子』
ナミが子どものころはこんな感じ？

special thanks to shozo miyamoto, hizuki moriwaki, girls in the souk

【読者のみなさまにお知らせ】
　点訳データ、音読データ、拡大写本データなど、視覚障害の方のための利用に限り、本書内容を複製することを認めます。ただし、営利を目的とする場合はこの限りではありません。

著者紹介

文々 松井彰彦

東京大学大学院経済学研究科教授。1985年東京大学経済学部卒業。1990年ノースウェスタン大学M.E.D.S.にてPh.D.取得。ペンシルバニア大学経済学部助教授、筑波大学社会工学系助教授を経て現職。研究分野は経済理論、ゲーム理論、貨幣経済学。著書に『慣習と規範の経済学』（東洋経済新報社、日経経済図書文化賞受賞）、『ミクロ経済学 戦略的アプローチ』（梶井厚志との共著、日本評論社）、『市場の中の女の子』（PHP研究所）などがある。
日本学術振興会賞、日本学士院学術奨励賞受賞。

絵々 完山清美

東京芸術大学美術学部デザイン科卒業。美術作家。グリーティングカードメーカー勤務後、フリーランスでパッケージデザインや企業広告、書籍カットなどのイラストを手掛ける。
作家活動として毎年シリーズの個展『marulab』を開催。銅版画、透明水彩、アクリル画などの作品を制作・発表している。

向こう岸の市場(アゴラ)

2007年8月25日　第1版第1刷発行

著者　（文）松井彰彦
　　　（絵）完山清美

発行者　井村寿人

発行所　株式会社 勁草書房

112-0005　東京都文京区水道 2-1-1　振替 00150-2-175253
（編集）電話 03-3815-5277／FAX 03-3814-6968
（営業）電話 03-3814-6861／FAX 03-3814-6854

ブックデザイン　山田絵理花／理想社・牧製本

ⒸMATSUI Akihiko & MARUYAMA Kiyomi 2007
ISBN978-4-326-50290-5　　Printed in Japan

EYE LOVE EYE

JCLS 〈㈱日本著作出版権管理システム委託出版物〉
本書の無断複写は著作権法上での例外を除き禁じられています。
複写される場合は、そのつど事前に㈱日本著作権管理システム
（電話 03-3817-5670、FAX 03-3815-8199）の許諾を得てください。

＊落丁本・乱丁本はお取替いたします。

http://www.keisoshobo.co.jp